2
名著典藏版

THE OLD MAN AND THE SEA

老人與海

歐內斯特・海明威
Ernest Hemingway
——著

目錄

延伸閱讀 183

導讀

無法打敗的精神力量——海明威與他的作品

美國作家歐內斯特・海明威（Ernest Hemingway），一八九九年七月二十一日出生在密西根湖南岸橡樹園鎮的一個醫生家庭，在六個孩子中排行老二。他的父親不僅是一位出色的外科醫生，還是個漁獵好手。在父親愛好野外活動的影響下，童年時期的海明威根本是個活潑淘氣的「野孩子」，經常隨著父親一起打獵、釣魚。當海明威上學之後，幾乎參加學校所有的體育活動，特別是對拳擊和橄欖球的愛好，簡直到了如癡如狂的地步，直到晚年仍持續著這股狂熱。

密西根湖畔的漁獵生活和對體育運動的愛好，對海明威日後的文學創作帶來極大的影響，不但為他提供了相關的生活體驗，更重要的是在和大自然搏鬥的漁獵生活中，海明威養成了不屈不饒、永不服輸的「硬漢性格」。這也是《老人與海》一書中老人的名言——「人不是為失敗而生的……一個人可以被摧毀，卻不能被打敗」的來源。

海明威的母親是一位音樂教師，有著較高的文學修養。在母親的潛移默化下，學生時代的海明威對寫作表現出濃厚的興趣，經常仿效當時流行的幽默筆調試寫一些小品和報導，展現出非比尋常的才華。剛滿十七歲，就被選為橡樹園鎮高級中學校刊的主編。十四歲時，海明威在父親的支持下開始學習拳擊。雖然在一次訓練中，海明威被一個職業拳擊手打得滿臉鮮血、昏倒在地，可是第二天，他仍然裹著繃帶縱身跳上拳擊台。一年多後，海明威在訓練中不慎傷了左眼，造成終身殘疾，但他並沒有因此而氣餒。不久，第一次世界大戰爆發，隨後美國宣布參戰。在愛國的激情下海明威強烈要求入伍，卻因為年齡限制而被拒絕。中學畢業後，海明威為赴歐參戰而放棄上大學的機會，不過這次又為了視力的緣故而沒被批准，最後只能到坎薩斯城成為《堪薩斯星報》的見習記者。《堪薩斯星報》的經歷對海明威後來的文學風格產生了重要的影響，尤其是《堪薩斯星報》對文字表述的一百一十條規定，例如「使用短句」、「運用活的語言」、「使用動詞，刪去形容詞」、「能以一個字表達就不用到兩個字」等，這讓他迅速掌握新聞寫作的技巧，並開始形成自己簡明洗練的文字風格。一九一八年五月，剛滿十九歲的海明威終於如願以償，加入美國紅十字會戰地服務隊，並成為救護車司機而來到義大利戰場。不料剛抵達不久，海明威便在駕駛救護車衝過火線時被一枚炮彈炸成重傷，且身中二百三十餘塊彈片。當時的他居然帶著這些彈片，背著另一位傷勢更重的義大利士兵，在自己暈倒之前掙扎返抵救護站。

經過三個多月，進行了十三次的手術治療後，海明威重返前線。但是，隨後他又被炸碎一個膝蓋，不得不換上一塊白金製的膝蓋骨。一九一九年初，海明威帶著遍體鱗傷回到美國。儘管累累傷痕讓他獲得義大利政府所頒發的銀十字軍功勳章和勇敢勳章，但戰爭的殘酷恐怖也在他心靈深處留下難以磨滅的創傷，對其日後的文學創作產生深刻的影響。

回到美國後，海明威開始文學創作的生涯。在遭遇多次退稿的打擊後，為了糊口，他到《多倫多明星報》擔任記者，不久和赫德莉・理查遜結婚。一九二一年，海明威被任命為《多倫多明星報》駐歐洲特派記者，帶著赫德莉前往巴黎。在巴黎期間，海明威一方面進行採訪、報導的工作，同時重拾創作生涯。剛開始，海明威的文學創作仍無重大突破，他的第一部作品集（包括三篇短篇小說和十首詩）在一九二三年出版時只印了三百冊，而且沒有引起什麼反應。然而，海明威偏偏就是不肯認輸的「硬漢」，在這種情況下，他索性辭去記者的工作，專注於文學創作，並在該年年底出版第二部作品集《在我們的時代裡》。這本書在首次出版時，仍未在巴黎文壇引起迴響，直到第二年在美國發行第二版時，才一躍成為一九二五年度十大暢銷書之一，海明威也因此一舉成名，正式登上文壇。

從一九二一至一九二六年，海明威一直停留在巴黎，他是從美國來到巴黎的「精神流浪者」之一。第一次世界大戰前後，正是資本主義日趨沒落的年代。許多美國青年受到愛國狂熱的驅使，於是帶著玫瑰色的幻想投入第一次世界大戰。但在戰爭中，他們看到的盡是殘酷的廝殺和恐怖的死亡。至此他們的幻想破滅，身心都受到嚴重的摧殘；他們憎恨戰爭，但不知如何才能消滅戰爭，因而心情苦悶、前途茫然。在此同時，戰後資本主義世界的動盪不安和社會危機，又加重他們心靈的空虛和苦悶，整個美國都陷入一片迷惘。這種時代特質，使海明威的思想呈現複雜和矛盾的狀態，他既看到西方文明的墮落，卻又不能從自己狹窄的視野中找到出路，只覺眼前一片迷茫。

一九二六年，海明威完成長篇小說《日出》（又譯《太陽依舊上升》、《妾似朝陽又照君》）。在這部小說中，海明威以簡明清晰、富有抒情意味的散文筆調，描寫一群參加過第一次世界大戰的青年流落巴黎的情景。他們精神苦悶、生活漫無目的，成天喝酒、釣魚、看鬥牛，有時墮入三角戀愛，發生無謂的爭吵；他們形跡放浪，企圖以此來忘卻戰爭的殘酷，然而卻使一切陷入更大的悲哀中。在這裡，海明威不遺餘力地揭露並譴責人類的互相殘殺、暴力和靈魂的墮落，並成功塑造了在戰爭中負傷、喪失性能力，卻在社會價值混亂與個人不幸之間努力保持人格完整的傑克·巴尼，使他成為海明威筆下第一個所謂「準則」主角——他們形成一套個人的獨立原則來指導自己的人生。

同時，由於海明威引用美國女詩人葛楚·史坦恩的一句話——「你們全是失落的一代」作為該書扉頁的題詞，從此「失落的一代」便用來代稱這些精神空虛的青年，也成為代表這種思想傾向的新文學流派。海明威以《日出》中貫穿始終的徬徨、空虛感，引發戰後美國不少年輕人的共鳴，使他成為二十世紀文學流派「失落一代」的代表人物。他們的共同特點是厭惡戰爭，想要衝破思想的束縛，但又找不到永恆的精神支柱，於是感到迷惘、苦悶、失望、懷疑。

隨後，海明威又發表一部出色的短篇小說集——《沒有女人的男人》（一九二七年），其中包括《殺人者》、《在另一個國度》和《白象似的群山》，以用詞簡潔、手法洗練、意味雋永的特有風格，被視為美國短篇小說的最佳經典。正如約翰·厄普代克的評價：「一開始就形成率直、急切而又光彩照人的風格。」

一九二七年，由於感情破裂，海明威和赫德莉離婚，隨後與寶琳·菲佛結合，並於第二年返回美國，在佛羅里達州定居，專心從事寫作。

一九二八年，海明威的長篇小說《戰地春夢》，以一種懷恨的絕望心理將愛情和戰爭兩大主題聯結在一起。在書中，海明威揭露戰爭的本質與罪惡，並表現出對時代、人心演變的深刻洞察力。透過主角的內心獨白——「什麼神聖、光榮、犧牲這些空泛的字眼，我一聽就害臊」、「我可沒見到什麼神聖的東西，光榮的東西也沒有什麼光榮；至於犧牲，就像芝加哥的屠宰場，不同的只是肉拿來埋掉罷了」——直接控訴戰爭毀滅人的理想和幸福，摧殘人的心靈，並對人類遭受的苦難發出了悲哀和同情的歎息。

在這部長篇小說中，海明威出色地運用當時的美國口語，並參照新聞報導的筆法，以軍事史和通訊報導為基礎，富有真實感和時代性，結果被墨索里尼列為損害義大利軍隊榮譽的禁書。

三〇年代，海明威發表了《非洲青山》、《吉力馬札羅山的雪》（又譯《雪山盟》），還出版了兩部短篇小說集，收錄了《一個乾淨明亮的地方》和《法蘭西斯・麥康伯短暫的幸福生活》。

一九三六年七月，西班牙內戰爆發，佛朗哥的叛軍和政府軍之間爆發激烈的戰爭，海明威毅然投入這場獨裁與民主的生死搏鬥。同年冬天，他發起了廣大的募捐支援活動，為此跑遍了大半個歐洲。一九三七年初，他擔任由美國人組織的醫療部救護車隊大隊長，兩年中前往西班牙四次。剛開始，他以戰地記者的身分前去，後來索性直接參加國際縱隊，和西班牙共和政府軍並肩作戰。儘管這場反法西斯的艱苦戰役終告失敗，而海明威也沮喪地回到美國，但戰爭的經歷和失敗的痛苦，卻為他提供了改變自己精神世界的機會及創作的泉源。於是，他停止撰寫短篇小說，轉而創作長篇小說《戰地鐘聲》（一九四〇年），再次讓文學作品回到戰爭題材上。

在《戰地鐘聲》裡，海明威抱著「偉大的作品來自正義感」，以及頌揚處在危險中的西班牙共和派人士的信念，塑造出羅伯特・喬登這個史詩般的英雄。在某種程度上，這部作品擺脫了迷惘、失落和悲觀，積極謳歌個人為了正義的事業而勇於獻身的精神。這部鉅著被譯成幾十種文字，是海明威創作生涯中一個劃時代的里程碑，一部舉世公認的不朽之作，更於一九四〇年名列英國十大暢銷書榜首。二戰後，海明威移居古巴首都哈瓦那，繼續創作的生涯。他先後發表一些短篇和兩篇中篇作品，其中《老人與海》（一九五二年）是另一部不朽之作，不僅獲得一九五二年的普利茲獎，並以精巧的敘事藝術和對當代的巨大影響，獲得一九五四年的諾貝爾文學獎，一舉奠定他在世界文壇上的大師地位。《老人與海》的誕生頗富戲劇性，一九五二年，《生活》雜誌找到正處於創作低潮的海明威，請他為雜誌撰寫一部小說。隨後《生活》雜誌以整本雜誌的篇幅登出中篇小說《老人與海》，立刻掀起一股閱讀熱潮。讓讀者感到奇怪的是，雜誌並沒有同時登出作者的名字。於是，被作品深深征服的人們紛紛猜測這位神祕的作者究竟是誰？在此同時，《生活》雜誌分別邀請一百位著名人士就這部神祕的作品發表評論，而每一位受邀者都被告知：「您是唯一一位被我們邀請來對《老人與海》進行評論的人。」一百位評論者對《老人與海》的評價被一一刊出，《生活》雜誌又在這些評論中進行了評選……

所有的動作都使《老人與海》引起人們越來越大的興趣，直到此刻，大家才知道這部傑作的作者正是海明威。

《老人與海》是根據一名漁夫的真實經歷而創作。海明威以攝影般的筆觸，描繪一位名叫桑迪亞戈的古巴老漁夫一次特別的海上經歷，他深刻表達了人的精神是永遠不敗的。關於老人的過去，作者只在故事中簡略地提到兩筆——他的妻子已經死去，只留下一張照片掛在破舊的茅屋裡，有一次他看見照片感到淒涼便取了下來；他曾經是飄洋過海的水手，到過非洲，而且是個健壯的小夥子，曾在卡薩布蘭加和一位大個子黑人比腕力，並得到勝利。

現在他老了，又瘦又憔悴。他的兩隻手，因為老是以繩子拉大魚的緣故，留下很深的傷痕。引人注意的是他的一雙眼睛像海水一樣藍，是愉快的、毫不沮喪並充滿生機。他是孤獨的，關心他、和他來往較多的，只有一個過去和他一道出海打魚的男孩。他不關心世事，看報紙只是想知道棒球比賽的消息。

當幸運女神終於走向他，把一條比船身還長的大魚掛在他的釣鉤上時，同時卻也將他置於生死的競技場上。

老漁夫無法拉動大魚，只能任憑上鉤的大魚拖著小船不慌不忙地游著。他把釣繩掛在脊背上，以手握得緊緊的，拚命支撐著身子，抵抗大魚的拉力，幾乎一直保持著緊張狀態。一隻手抽筋，另一隻手勒出了血，筋骨疲累，頭腦昏暈。渴了，一口清水，餓了，吃一點生魚，就這樣在海上漂流三天，費了極大的氣力，才殺死那大魚。

這是一場艱苦的搏鬥。好幾次，老人感到自己支持不下去，便回想年輕時在卡薩布蘭加比腕力的鋼鐵意志讓自己堅持住。他說：「魚啊，讓我們不死不休吧。」這已不僅是為了求生，更是為榮譽而戰鬥，因為他是一個打魚人，必須戰勝魚。此外，他要讓魚知道什麼是一個人能辦到，什麼是一個人能忍受住的。

在此同時，老人產生一種奇妙的心情。一方面，魚是他搏鬥的對手，他必須戰勝牠，捉住牠，殺死牠，否則自己將被拖死；另一方面，他依靠魚為生，因而對魚有一種感情，他欣賞大魚那無所畏懼、信心十足的風度。人和魚就這樣不斷抗爭卻又交融在一起，既是敵人，又是朋友。當老人想把魚拽過來，魚好像戲耍他似地慢慢游開時，老人心想：「你要害死我啦，魚啊！不過你有權利這麼做。我從沒見過比你更大、更美、更高貴的東西，小老弟。來，要了我的命吧！看看到底誰會要了誰的命！」

當他費盡心思、精疲力竭，終於把大魚殺死綁在船邊返航時，又遇到新的災難，而且是更可怕的災難——那條死魚成了鯊魚追蹤的對象。開始來的是一條，後來是兩條，最後則是成群成群的鯊魚。為了保衛千辛萬苦的收穫，已經疲憊不堪的老人不得不與鯊魚戰鬥。起初是用刀子，刀子折斷後改用棍棒，棍棒掉了以後，他甚至將舵拆下來當成武器。但是，鯊魚還是吃光他辛苦捕獲的大魚，最後只帶著一條十八英尺長的魚骨架回到村裡。

然而，在精神上老漁夫仍是一個勝利者。一個衰弱的老人，卻像士兵般戰鬥，他無畏地面對困難、艱辛和死亡，戰勝了疲累、痛苦，最重要的是他戰勝了不時冒出來的人性軟弱。當老人回到岸上酣睡時，那個陪伴他打魚的小孩來到茅屋。當他看見老人那雙滿是傷痕的手時放聲哭了起來，這眼淚不僅是同情，同時也代表著崇敬。在茫茫大海上、從死亡邊緣空手而回卻高昂著頭顱的老人，海明威藉此歌詠一種奮鬥不懈、自強不息的人生觀。即使面對不可征服的大自然，在和大自然拚搏的過程中，也許頂天立地的「硬漢」最終會被摧毀，但卻不會被打敗。老漁夫就是這種敢於挑戰極限的「硬漢」，儘管他躲不過空手而回的悲劇，但最重要的是他有正視困難的勇氣，以及和大魚堅持作戰到底的堅毅耐力、必勝的信心。雖然大魚最後還是被鯊魚吃掉，只剩一副魚骨回來，但老人仍是精神上的勝利者。即使失敗，老人依舊保持人的尊嚴和勇氣，有著真正勝利者的風範——始終沒有向大海、大魚、更沒有向鯊魚屈服。

在老人和大海、馬林魚、鯊群搏鬥時，我們彷彿看到一個美式硬漢，但他又不是傑克・倫敦筆下的類型，那些人都是狼，他們把自然界和任何對手都當成獵物，必殺而吃之而後快，一個個驚心動魄的場景，其結局無非是描寫人為財死的淒涼、以及弱肉強食的感慨。桑迪亞戈把獵物視為可敬的對手，甚至是朋友，而且還把大海當成情人去熱愛，去敬畏。

「冰山在海裡移動，它之所以莊嚴宏偉，是因為只有八分之一露出水面。」這就是海明威所追求的藝術效果，也正是《老人與海》的藝術價值所在——凝練、深沉、耐人尋味。據說《老人與海》被海明威校改了兩百多次，本來可以寫成一部千餘頁的長篇，最後卻修改為幾十頁的短篇，其語言的簡練含蓄由此可見一斑。也許正因為如此，這部小說才會創下人類出版史上空前絕後的紀錄——發行四十八小時便售出五百三十萬冊！

一九五八年，海明威到美國愛達荷州療養，和高血壓、糖尿病等進行「搏鬥」。最後，一九六一年七月二日清晨，海明威身穿睡褲、浴衣進入地下室，拿出槍和子彈，將兩發子彈裝進獵槍，然後，慢慢張開嘴，把槍口塞進去，扣動了扳機……

除了前面所提到的作品外，海明威還創作了《午後之死》、《蝴蝶與坦克》、《渡河入林》、《海島激流》……等。

海明威的作品內容，除了他所喜愛的釣魚、狩獵、滑雪、鬥牛以外，最常見的主題就是歌頌小人物的真誠與勇敢，也就是面對死亡卻毫無懼色的形象。在他看來，人生不過是一場悲劇，而人唯一的價值和出路就是面對死亡時無所畏懼。因此，他筆下的人物大多都是「硬漢」，卻又往往是孤獨和絕望的。

在藝術手法上，海明威以簡潔有力的對話、乾淨明快的修辭和自然流暢的韻調，形成了「海明威式」的獨特口語風格。特別在描寫人物對話方面，表現得尤其精湛。在他的筆下，人物對話樸實、簡練，具有強烈的生命力和一定的深度，能將人物細緻、微妙的思想感情淋漓盡致地表達出來。有時，雖然只是片言隻語，卻含有豐富而意在言外的「潛臺詞」，需要讀者自己去探索、領會，並與小說人物取得心靈上的溝通。這是因為他筆下的人物多數是不慣於夸夸其談的拳擊手、鬥牛士、獵人或暴徒，這幾種類型的人物往往只憑本能來行動，即或偶爾吐露心聲，語言也很樸實。海明威就是根據他們的口吻，將他們的生活栩栩如生地呈現出來，可謂入木三分。

海明威使用的語言和刻畫的形象鮮明具體，但是他的主題卻含蓄深沉。初讀他的作品似乎一目瞭然，但細心閱讀，又不免感到寓意深遠。海明威以他獨特的藝術風格和高超的寫作技巧，創造一種簡潔流暢、清新洗練的文體，在歐美文學界產生巨大的影響。這種新的藝術風格幾乎感染了二戰後的所有美國作家，在名作家如詹姆斯·瓊斯、納爾遜·艾格林、諾曼·梅勒等人的作品中，處處流露出這種風格的深刻影響。

老人與海

The old man
and the sea

波光粼粼的海面上，一條小漁船漂浮著，一個老人獨自駕著這條小船在墨西哥灣流中捕魚。這已經是老人連續第八十四天出海了，可是，一條魚也沒有捕到。

老人名為桑迪亞戈，在這次出海的前四十天裡，有一個男孩曼諾林跟著他，一直陪伴在他身邊。可是，當他們出海四十天連條魚也沒捕到時，曼諾林的父母開始不高興了。他們不能讓自己的孩子跟著這麼倒楣的老人，因此吩咐曼諾林離開老人的小漁船，上了另一條船。那條船在曼諾林上船後的第一個星期，就捕到三條大魚。

看著老人每天駕著空船出海，又駕著空船回來，曼諾林非常難過，又想不出更好的辦法，只能在老人回來時，到岸邊幫老人抱回攬成一團的釣繩、魚鉤、魚叉之類的東西，以及纏繞在桅杆上的船帆。那船帆破舊不堪，上面滿是補丁，捲繞在一起，看起來就像一面遭遇過無數次戰敗的軍旗。

老人的面容瘦削而憔悴，頸項上滿是皺紋，兩頰也明顯呈現出斑駁的紫褐色，一直蔓延到臉的整個下半部。這種紫斑是一種良性的皮膚變化，那是照耀在熱帶海面上的烈日光芒反射到皮膚上所形成的。因為時常要對付上鉤的沉重大魚，老人的雙手被釣繩勒出一道道深深的創痕，不過沒有一道創痕是新近留下的，它們是那樣的陳舊蒼老，像乾涸的荒澤上殘留的古老印跡。

老人的一切都顯得如此蒼老，但一雙眼睛卻像海水般湛藍，生氣勃勃，充滿生命活力，透著一股毫不氣餒、絕不放棄的剛毅，令人難以忘懷。

一天，曼諾林像往常一樣來幫忙老人。當他們從小漁船停泊的地方爬上岸時，男孩對老人說：「桑迪亞戈，還是讓我和你一起出海捕魚吧！我已經賺了一些錢。」

老人曾經教曼諾林怎麼捕魚，男孩對老人充滿敬佩和信任，並且很依戀他。

「不。」老人堅決地說，「你搭上一條走運的船，繼續跟著他們幹下去吧！」

「可是，你還記得嗎？有一次，我們連續八十七天沒有捕到魚，後來卻接連三個星期每天都捕到大魚。」曼諾林的一雙眼睛閃閃發亮。

老人平靜地說：「當然，我記得。我知道，你這一次離開不是因為失去信心。」

「喔，是爸爸叫我離開的，我還是一個孩子，不能不服從他。」曼諾林的聲音顯得有些沮喪。

老人寬慰地拍拍曼諾林的肩，說道：「沒什麼，這只是人之常情嘛。」

「爸爸對你沒什麼信心。」曼諾林說著。

「但我們有信心，對吧？」

「那當然。」曼諾林說，「我請你去坡上喝杯啤酒，再一起把東西扛回家，好嗎？」

「有何不好？走吧。」老人回答。

酒館坐落在一個斜坡上，平時漁民們都喜歡來這裡喝酒聊天。對於在海上艱辛勞動一整天的捕魚人來說，酒館是他們放鬆心情的最佳場所，大家聚在一起談論最近的見聞和傳言，相互打聽各條漁船的收穫。

酒館裡已聚集了不少人，顯得十分熱鬧。老人和曼諾林進入酒館時，嘈雜聲瞬間小了許多，各式各樣的目光投向老人，或嘲諷，或同情，或幸災樂禍，或憐憫傷感，然後彼此交換著意味深長的眼神。

他們找了地方坐下來，酒館老闆馬丁給他們兩杯啤酒，一老一少默默地喝起酒來。

「嗨，桑迪亞戈，今天又是空手而回嗎？要不要我給你一條馬林魚呀？」一個年輕力壯的捕魚人挑釁地大聲說著，同桌的幾個人大笑起來。

「桑迪亞戈，是不是有條大魚在等著你啊？你找到牠了嗎？」一個捕魚人嘲弄地說道。頓時，酒館內爆發出一陣哄笑聲。

「桑迪亞戈，你不行了，沒有任何一條魚對你感興趣了。」

「你已經老了，你的好運結束啦，只能看著我們捕魚了。」

不少漁民也加入奚落取笑老人的行列，但老人並沒有發火，只是默默喝著酒，彷彿這一切與他無關。曼諾林的雙手使勁地攥著酒杯，還有些稚嫩的臉因憤怒而變得通紅。老人察覺到曼諾林準備站起來，極其迅速地將一隻蒼老的手有力地抓住曼諾林的手，並以一種堅定的目光看著曼諾林……男孩慢慢地鬆弛下來，然後繼續默默地喝酒。

酒館裡一些年紀較大的捕魚人，對老人的不幸感到十分難受，內心充滿同情和憐憫，不過他們並沒有流露出來，只是平靜地談論著撒下釣繩時海流的深度和流向、持續的好天氣及所見所聞等。

今天，順利捕到魚的船已經回來了。捕魚人把馬林魚宰殺後洗淨，滿滿攤放在兩條長木板上，然後，兩個人步履蹣跚地抬著木板向魚棧走去，冷藏車會將這些魚運到哈瓦那的市場出售。在港灣的對面有一家鯊魚加工廠，捕獲的鯊魚會被送到那裡，以滑輪車吊起來，挖出心臟、剁下魚翅、剝去魚皮，剩下的魚肉切條醃製。每當刮東風時，一股魚腥味就會從鯊魚加工廠那兒吹來，不過今天只有一點淡淡的氣味，因為風勢轉北，並漸漸平息下來。

老人捧著酒杯，雙眼眺望著朦朧的大海，陷入對遙遠往事的回憶中。

「桑迪亞戈，」曼諾林說，「我去幫你弄一些明天要用的沙丁魚來，好嗎？」

曼諾林的聲音把老人拉回現實。他對曼諾林說：「不用了，你快去打籃球吧！」

「可是我想為你做點什麼，即使不能跟你一起出海捕魚。」

「你請我喝酒，就算是幫我了。」老人慈愛地說，「現在，你已經是個大人了。」

「桑迪亞戈，你第一次帶我出海時，我幾歲？」

「五歲。」老人的臉上有了一些笑容。「而且，記得那一次我太早把魚拉上船，那條魚還沒耗盡精力，結果幾乎把船折騰得散了架，還害你差點送命，你記得嗎？」

「我記得當時的情景，那條大魚的尾巴拚命地拍打，船坐板折斷了，濕漉漉的釣繩亂成一團，對吧？」曼諾林興奮地說。不過，沒等老人說什麼，曼諾林又急切地開口：「我還記得你把那條大魚扔到船頭，整條船震動得發抖，我和你使勁地揍牠，聲音就像砍樹一樣響亮，魚血充滿腥味，濺了我一身。」

「你是真的記得，還是後來聽我說的？」

「從我第一次跟你出海開始，每一件事我都記得。」

老人以那雙湛藍的眼睛愛憐地看著曼諾林，打心裡喜歡這個熱愛大海的少年。

「你要是我的孩子，就帶你出海去碰碰運氣。」老人說，「但你是別人的孩子，而且正搭上一條走運的船。」

「我去弄點沙丁魚來，再買四條好魚餌。」

「我今天還剩一些魚餌，用鹽醃在盒子裡了。」

「那我去買四條新鮮的吧！」

「一條就行了。」老人說。他從未對自己喪失過信心和希望，這會兒他更覺得精神一振，曼諾林的關懷就像一陣清風拂過，滋潤了他的心田。

「兩條吧。」曼諾林說。

「好吧。」老人沒有再堅持。「你不會去偷吧？」

「有可能喔。但今天有錢，我會花錢買。」曼諾林說道。

「謝謝。」老人謙恭地說道。桑迪亞戈一生與風浪搏鬥，和各式各樣的魚打交道，性格直率粗獷，從不在意人與人之間交往的繁文縟節。可是，面對這樣一個敬佩自己又心地善良的男孩，老人自然而然地流露出謙恭的神情，而且他覺得這並不丟人，也無損於自己的尊嚴。

他們喝完酒，一起走出酒館。站在斜坡上，海風迎面吹來，挾帶著溫暖而潮濕的氣息，最後一抹晚霞仍懸掛在天際。

「今天海流這麼強大，明天一定是個好日子。」老人說道。

「明天你準備去哪兒？」曼諾林問。

「出遠海。天還沒亮就出去，趕在風向沒變之前回來。」

「那我也會想辦法讓我們的船去遠海，」曼諾林說，「要是你釣到一條大魚，我們可以盡快趕過來幫你一把。」

「你的船長可不喜歡出遠海。」

曼諾林狡黠地一笑，說道：「他會答應的，我有辦法。」

「你有什麼法子？」老人感到十分疑惑。

「我會告訴他有隻海鳥在遠海的上空盤旋，他一定會趕過去，因為他可不想放棄捕到鬼頭刀的機會。」

「你能騙得了他？」

「好多跡象他都看不見了，只能依靠我。」

「天哪，他的眼力已經差到這種地步？」

「簡直跟瞎子差不多。」

「真是太奇怪了，」老人說，「他又沒去捕過海龜。那才真正費眼力啊，眼睛很容易壞的。」

「可是，你連續那麼多年都去莫斯基托海岸捕海龜，但你的眼睛仍然很好呀！」

「我可是個古怪的老頭兒呢，呵！」老人風趣地說，語氣中隱含著一種自豪。

「是啊，你是最棒的。」曼諾林由衷地說。接著，男孩不無擔心地問道：「不過，如果現在要去對付一條真正的大魚，你有足夠的力氣嗎？」

「我想還行。再說，我懂不少竅門呢，不必擔心。」

「我們先把東西扛回去吧！然後我帶著小漁網抓沙丁魚去。」曼諾林說道。

一老一少一邊聊著，慢慢向海邊走去。

到了岸邊的小船上，他們先把裝魚餌的盒子塞在船尾艙板下。艙板下還有一根棍子，當大魚被拖到船邊激烈掙扎時，老人就會用這根棍子收拾牠們。曼諾林把攬成一團的棕黃色釣繩放進一個破舊的木箱裡，然後拿著箱子、魚鉤和長把魚叉，跟在扛著桅杆的老人後面，一起往老人的家走去。

其實根本沒人會來偷這些東西，但為了避免船帆和釣繩被露水淋壞，老人還是決定把它們帶回家去。至於魚叉和魚鉤，雖然也不值幾個錢，但老人總覺得把這麼誘人的東西留在船艙裡，不是那麼令人放心。

老人的家在不遠的山坡上，是用當地叫做「海鳥糞」的大王椰樹嫩棕皮搭建而成，連牆壁也是利用這種椰樹的葉片展平、重疊所製成。房子小而簡陋，一間房幾乎不及小漁船的桅杆長。裡面沒什麼陳設，除了一張床、一張桌子、一把椅子、以及一個燒木炭的地灶外，就只有他妻子遺留的兩幅畫了。這兩幅畫，一幅是「耶穌聖心像」水彩畫，另一幅則是柯勃爾的「聖母像」，老人把它們掛在棕黃色的牆壁上。以前牆上還掛過一幅他妻子的銅版像，但後來老人怕觸景傷情，就把它取下來，用一件乾淨的襯衫裹著，小心地藏在角落的擱板上。

小屋的門敞開著，一老一少慢慢順著小路走進來，曼諾林把手裡的東西放在牆角，老人也把捲著船帆的桅杆靠在牆邊。

「有什麼好吃的？」曼諾林問。

「黃米飯配魚，來一點嗎？」

「不用了，我回家吃。我先幫你把火生起來。」

「謝謝，待會兒我自己弄就行了，說不定我會將就著吃冷的啦。」

「我可以把小漁網拿走嗎？」

「當然可以。」

哪裡還有什麼小漁網？曼諾林心裡明白，它早被拿去換成錢了，而且根本也沒什麼黃米飯配魚，但他們總是日復一日地重演這齣戲。

「八十五是個吉利的數字。」老人突然說道，「說不定我會捕到一條上千磅重的魚，你認為呢？」

「還是讓我先用小漁網去弄些沙丁魚來吧。你在門口等我，好嗎？」

「不錯的主意。我還有一張昨天的報紙，可以看看棒球消息。」

曼諾林以為老人又在演戲，沒想到老人真的從床下翻出一張報紙來。

看著曼諾林疑惑的表情，老人解釋道：「昨天在小酒館時波里戈給的。」

「抓到沙丁魚我馬上回來，先把牠們冰凍起來，等明早再分。我回來時可要給我講講棒球消息。」

「洋基隊是戰無不勝的。」老人揚了揚手中的報紙說道。

「可是克利夫蘭印第安人隊也很厲害。」

「相信洋基隊，相信了不起的迪馬喬吧。」

「還有底特律老虎隊。」

「底特律老虎隊？你乾脆把辛辛那提紅人隊和芝加哥白襪隊也算上好了。」

「那你好好看吧，等我回來時講給我聽。」

「曼諾林，」當孩子走到門口時，老人叫住他，「我們是不是買張尾數是八十五的彩票呢？明天剛好是第八十五天。」

「主意倒是不錯。」曼諾林笑著說，「不過上次你說八十七能夠中獎，最後不也毫無結果嗎？」

「這次一定中。」老人有力地說，「你能夠弄到彩票嗎？」

「我可以去訂一張。」

「要一全張。不過，我們向誰借這兩塊半呢？」

「沒問題，兩塊半我一定能借到。」

「我想我也可以，不過盡可能不去借。一個人要是一直攤開手掌等待別人的善心，最後肯定會淪為伸手乞討的乞丐。」老人若有所思地說。

「別忘了加衣服，老人家。」曼諾林叮囑著，「現在已經是九月了，傍晚的天氣有些涼。」

「九月？在這個季節打魚才算真本事。」老人喃喃地自言自語，「傻子都能在五月裡捕魚。」

「我現在就弄沙丁魚去。」說著，曼諾林走了出去。

太陽下山時，曼諾林回來了，老遠就看見老人坐在門口的椅子上睡著了。他的身上仍然穿著那件滿是補丁的襯衫，而且多年的日曬雨淋使襯衫的顏色也深淺不一，就和他的船帆一個模樣。

曼諾林躡手躡腳進了屋，拿起床上的舊軍毯，輕輕蓋住老人的雙肩。那是經歷了多年風雨的肩膀，雖然有些衰老，卻仍散發著一種強健的氣息。脖子也依舊健壯有力，當老人垂下腦袋沉睡時，頸項上蒼老的皺褶似乎沒有那麼明顯。不過，他的面容說明了這是一個老人，當他閉上眼睛時，整個臉上幾乎沒有一絲生氣。夕陽的餘暉淡淡照在他臉上，使他看起來似乎更加蒼老。

老人赤著雙腳，靜靜地睡著。那張報紙攤在兩膝上，被他的一隻胳膊壓著，在晚風中嘩嘩作響。

曼諾林見老人睡得正香，便悄悄地離開。當他過了一會兒又回來時，老人依然沉睡著。

「醒醒，桑迪亞戈。」曼諾林一邊輕輕搖晃老人的膝蓋，一邊柔聲呼喚著。

老人慢慢睜開迷茫的眼睛，彷彿靈魂正逐漸從遠方回到他身上，好一會兒才看清站在面前的曼諾林，他的臉上露出慈祥的笑容。

「你手裡拿什麼？」老人注意到曼諾林手裡提著一個盒子。

「當然是晚飯啦。」曼諾林說，「開飯了。」

「我還不餓。」老人推託道。

「來吧，肚子填飽了才好逮大魚。」

「我吃過了。」老人一邊說，一邊把報紙疊好，然後又站起來準備把毯子疊好。

「就讓毯子圍在腰上吧，暖和些。」曼諾林堅決地說道，「只要有我在，就絕不會讓你不吃飯就去打魚。」

「那就祝願你保重身體，長命百歲。」老人有些感動地說，「有什麼好吃的呢？」

「黑豆煮米飯，炸香蕉，還有些美味的燉菜。」曼諾林說著，還從口袋掏出兩套以餐巾紙包好的刀叉，這些都是曼諾林用一個雙層飯盒從酒館裝來的。

「誰給你這麼多好東西？」

「酒館老闆馬丁。」

「喔，我得好好謝謝他。」

「不用啦，」曼諾林說，「我已經謝過了。」

「我打算送他一大塊大魚肚子上的嫩肉。」老人說，「他已經這樣幫我們很多次了吧！」

「我想是的。」

「那我不該只送魚肚肉給他。他真是個好人。」

「是啊。來，這裡還有兩瓶啤酒。」

「真好，我最愛喝罐裝啤酒了。」

「我知道，不過這次是瓶裝的哈特威啤酒，待會兒我還得把瓶子帶回去呢。」

「那當然。」老人說：「我們可以開飯了嗎？」

「我早就喊開飯了，」曼諾林輕輕回答，「我只是在等你而已。」

「我已經準備好了，」老人說，「不過還沒洗手。」

洗手？曼諾林一愣，立即暗暗自責起來：「是呀，這裡離村子供水的地方要經過長長的兩個街口，我怎麼這麼粗心，沒有想到幫他把水提到這裡來呢？還要準備肥皂和毛巾。對了，天氣漸漸冷了，一定得給他添置襯衫和冬衣，還有鞋子，一條毛毯。」

「燉菜的味道好極了。」老人見曼諾林在發呆，不禁感到有些奇怪。

「哦，講講棒球吧。」曼諾林收回思緒，向老人提議。

說起棒球，老人似乎年輕許多，整個臉上都增添了生氣，得意地說道：「我不是早就說過了嗎?在美國職棒聯盟裡,洋基隊是最厲害的。」

「但他們今天輸球了。」曼諾林告訴他。

「一場球不能說明什麼,了不起的迪馬喬總會恢復狀態的。」

「迪馬喬又不能代替整個洋基隊。」

「那當然,不過他總是出類拔萃的人物嘛。在另一個職棒聯盟裡,我只支持布魯克林,不喜歡費城。唉,真懷念從前迪克・西斯勒在老球場裡所擊出的那幾個驚世駭俗的好球。」

「那真是絕世無雙的好球,我再也沒見過有誰擊出這樣的好球。」

「記得嗎?他以前也常常來酒館。一直以來,我總是很想邀請他一塊去打魚,可每次都鼓不起勇氣,所以才叫你去,結果你也是個膽怯的傢伙。」

「是啊,現在想起來都還覺得後悔。要是當初壯起膽子走上前去,說不定他會接受我們的邀請呢，那我們就交上畢生難求的好運了。多年以後，回想起來都會讓人興奮。」

「我還想邀請迪馬喬一起去打魚。」老人說，「聽說他父親以前也是個打魚人。很可能迪馬喬也同我們一樣是窮人家出身，所以，他應該可以和我們談得來，而且能理解並接受我們的邀請。」

「偉大的西斯勒的爹可不像我們一樣是窮人。人家在我這麼大的時候，就已經在大聯盟打出名堂了呢。」

「哼！我在你這個年紀就已經出過遠洋，而且是到遙遠的非洲，所以我見過兇猛的獅子在黃昏海灘上散步的情景。」老人提高了聲音，眉宇間掩不住一絲自豪。

「是的。你對我說過很多次了。」

「那你現在想聽我講非洲還是棒球呢？」

「還是講棒球吧，」曼諾林說，「跟我聊聊了不起的約翰・J・麥克格勞的英雄事蹟。」他經常把「J」錯唸成「霍特」。

「以前他也常常來小酒館，不過他不太好相處，因為他三杯酒下肚就連爹娘是誰都忘了。除了棒球之外，他還非常喜歡馬。他的口袋裡老揣著馬匹名單，而且在電話裡他也總是提到馬的名字。」

「他可是不錯的經紀人，」曼諾林說，「我爸都說他最了不起。」

「什麼最了不起，只不過他來這裡的次數最多罷了。」老人反駁道，「要是杜羅吉也經常來我們這兒，你父親準又會說他是最了不起的。」

「那……到底誰才是最了不起的經紀人呢？盧克？邁克・岡薩雷斯？」

「他們倆應該差不多厲害吧！」

「打魚人中就屬你最厲害啦！」

「喔，不！不！真正厲害的你還沒見過。」

「哪裡，」曼諾林說，「好漁夫是不少，也有很厲害的，但是像你這麼了不起的卻只有你一個。」

「謝謝誇獎，我很高興，但願不會鑽出一條大魚來戳穿我倆的牛皮。」

「只要你像自己說的那樣強壯，我們就不是在吹牛皮。」

「也許我並不像自己所想像的那麼強壯，」老人說，「但是我有不少絕招，還有很多勇氣。」

「是時候睡覺啦，養好精神明天才會有好心情。我也該把東西送回去給馬丁了。」

「那就明天見。我還是會來叫你起床的。」

「你真是我親愛的鬧鐘。」曼諾林說。

「年紀就是我的鬧鐘，」老人說道，「上了年紀的人為什麼都睡得少呢？是不是他們覺得日子不多了？」

「我也不明白，」曼諾林搔著腦袋說，「我們年輕人倒是老睡不夠。」

「放心，」老人說，「我會記得叫醒你的。」

「我可不想讓自己的船主來叫醒我，那就顯得我太沒用了。」

「我明白。」

「做個好夢，桑迪亞戈。」

曼諾林走了一會兒，老人便摸黑上床。他把那張報紙小心地夾在褲子裡，然後把褲子捲起來當枕頭，並以舊軍毯緊緊裹著身體，在僅僅鋪了一層舊報紙的床板上躺了下來。

不一會兒，老人就沉沉地進入夢鄉。在夢中，他再次看到孩提時所見到的非洲，那一望無垠的金黃色和白色的海灘，在陽光下閃耀著聖潔的光芒。還有高高的海岬和褐色的大山，靜靜地佇立在那裡，一切是如此美麗。如今，老人每晚都會夢到這片海灘，在夢中他一次又一次聽見海浪拍打在岸邊的轟鳴聲，一次又一次看見土著駕著小船乘風破浪的身影。在夢中，他總是急切地尋找著當初他去非洲的途中，睡覺時船艙裡那股柏油和麻絮的親切味道，貪婪地呼吸著在非洲的清晨，微風從岸上送來的那股淡淡誘人氣息。

通常，當老人聞到這股非洲氣息時就會從夢中醒來，穿上衣服去喚醒曼諾林。不過今天有些奇怪，當他聞到非洲氣息時並沒有醒來，而是繼續夢到往日沒有見過的景象——平靜無波的海面上，加那利群島覆蓋著白雪的峰巔正緩緩升起，一切都是那麼靜謐，還有星羅棋布的海港和落錨地，在柔柔的月光下，閃耀著五光十色的虹彩。

在他的夢裡沒有風暴，沒有女人，沒有重大事件，沒有大魚，沒有爭鬥，沒有角力……一切沉重的東西都沒有。有的只是他年輕時到過的各個美麗地方，以及金色海灘上的獅子，像一群小貓在淡淡暮色中頑皮嬉戲的獅子。是的，獅子，他非常喜愛獅子，就像喜愛曼諾林一樣。不過他從來沒有在夢中見到曼諾林。

老人終於從夢中醒來，透過敞開的屋門望望天色，用力抖開褲子穿了起來。在小屋外面撒泡尿後，老人轉身往曼諾林住的地方走去。在這九月的清晨，略帶寒意的空氣使他不禁打了一個冷顫。但是，他一想起自己馬上就要划船出海，心裡就生起一絲暖意，渾身好像暖和許多。

曼諾林的屋門從不上栓，因此老人推開門輕輕走了進去。藉著窗外漏進來的淡淡月光，老人一眼就看見曼諾林躺在前屋的一張小帆布床上，睡得正香。老人在床邊坐下，輕輕握住曼諾林的一隻腳。曼諾林很快醒來，翻過身子望著老人，老人微笑點了點頭。曼諾林伸手把褲子從床邊的椅子上拿過來，在床上就穿了起來。

老人走出門外，曼諾林打著哈欠跟在後面。看著曼諾林睡眼惺忪的樣子，老人輕輕拍拍他的肩膀說：「真對不起。」

「哪裡，」曼諾林揚起頭說，「我可是男子漢啊！」

他們順著路朝老人的小屋走去，一路上到處都是黑幢幢的人影在晃動。那都是些打赤腳的男人，正各自扛著自己船上的桅杆，準備揚帆出海。

到老人的小屋後，老人扛起捲著船帆的桅杆，曼諾林拿起魚叉、魚鉤和裝釣繩的箱子。

「來點咖啡怎麼樣？」曼諾林問。

「好主意。不過得先把工具扛到船上。」

這是一家專為漁民而開的早餐店，現在他們正在這裡喝著以空煉乳罐盛裝的咖啡。

「睡得好嗎？桑迪亞戈。」曼諾林問著，現在他總算清醒了，儘管還不時地打著哈欠。

「挺好的，曼諾林。」老人說，「我覺得今天肯定會逮著大魚。」

「我也覺得。」曼諾林說，「現在我該去把我們的沙丁魚拿來啦，還有給你準備的一些新鮮魚餌。我的船主總是自己扛工具，什麼都不肯交給別人。」

「我們就不同啦，」老人說，「你才五歲我就讓你拿工具了。」

「沒錯。」曼諾林說：「我馬上回來。你再喝一杯吧，我們可以在這裡賒賬。」

曼諾林走了，赤裸的雙腳輕快地敲打著冰冷的珊瑚石地面，蹦蹦跳跳向存放魚餌的冷藏庫走去。

老人慢慢品嚐著咖啡，這是他一整天的糧食，所以得好好享用。他從來不帶飯出海，當他肚子咕嚕咕嚕叫時，放在船後艙的一瓶清水就會幫他對付饑餓。

不一會兒，曼諾林拿著沙丁魚和魚餌回來了，那魚餌還用報紙小心地包著。這時老人的咖啡也喝得差不多，見到曼諾林便立即迎上前去，和曼諾林一起沿著沙礫小路往漁船走去。到了船邊，兩人合力把船輕輕抬起一點，船便滑下了水。

「祝你好運，桑迪亞戈。」

「你也好運。」老人說。他用繩子把雙槳牢牢套在槳架上，然後向前傾著身子用力划動雙槳，向黑沉沉的港口外划去。這時月亮已經落到山坡背後，太陽還不見蹤影，整個港口一片漆黑，老人什麼也看不見。耳朵裡不時有船槳入水和划動的嘩嘩聲傳來，那表示沿岸各處的其他漁人也紛紛出海了。

偶爾某條船上會傳來說話的聲音，不過絕大多數的船都是一片寂靜。漁民們習慣了默默各自幹活，一出港口，就四散往自己認為能夠捕到魚的海域划去。老人也是默默想著自己的那條大魚，用力向前划去，很快就把陸地遠遠拋在身後。

當他划過「大海穴」海域時，看見海灣馬尾藻的磷光一閃一閃的，在漆黑的海面上詭異地跳舞。漁民們之所以把那裡叫做「大海穴」，是因為那裡有個突然深達二百多公尺的深淵。海流一流到這裡，由於受到海底四面的陡坡阻擋，就形成一個大漩渦，而各種魚兒也滙集到這個地方。這裡密密麻麻地游動著大量的海蝦和魚群，偶爾還有躲在深深海底洞穴裡的大群烏賊。夜晚來臨時，這些烏賊會浮近海面，常常成為四處覓食的魚兒口中之食。

朦朦朧朧中，天色開始漸漸亮起來，老人划動雙槳的臂膀似乎也更加有力了。隱隱傳來一種怪異的聲音，那是飛魚離水時的激盪聲和牠鰭翅破空的嘶嘶聲。飛魚是老人在茫茫大海中的好朋友，他非常喜歡牠們。鳥兒們也得到他的憐愛，特別是那些弱小的黑色燕鷗，牠們一天到晚在海面上不知疲倦地飛翔覓食，卻常常一無所獲。老人不由得心想——除了那些鷲鳥和強健的大鳥之外，鳥兒們活得比我們還要艱辛。為什麼鳥兒都像海燕那樣優美卻又脆弱呢？而溫和美麗的大海為什麼有時又會突然變得那麼無情呢？那些發出細小可憐的啾鳴聲、為填飽肚子而不停飛翔的鳥兒們，在巨大而無情的大海面前，確實是太脆弱了。

大海在老人心目中總是美麗而溫柔的。雖然那些駕著汽艇、暴發戶似的年輕漁民在談到大海時，總把「她」當成粗獷又擁有巨大力量的對手和敵人；但是，老人總是將大海想像成溫文賢淑的貴婦人，雖然「她」有時也會大發雷霆，顯得那麼狂野無情，但在老人眼中，那不過是「她」偶爾使使小性子罷了。

海面上一片風平浪靜，有時會出現幾個小小的漩渦，老人穩穩地操縱著船槳，根據海流的強弱保持著適當的速度。一切是如此輕鬆愜意，直到天邊出現魚肚白的時候，老人才發現自己已經划到比原計畫更遠的海域。

看著一望無邊的大海，老人心想：「我已經在幾個常去的海域忙了整整一個星期卻一無所獲，今天，我就要在這個地方試試運氣。這裡匯集了成群的鰹魚和金槍魚，說不定可以碰上大魚呢！」

天剛濛濛亮，老人就迫不及待地根據海流的情況，布下一個個的魚餌。這些魚餌布置得極有層次，分別下到蔚藍海水下十多公尺、二十多公尺、三十多公尺和四十多公尺的地方。每一條魚餌都倒掛著，鉤上所有的突出部分包括鉤尖、鉤彎及鉤柄，都深深地埋進魚身。釣鉤從沙丁魚的雙眼穿過，這樣魚身就圍繞著釣鉤形成一個半弧形。整個魚餌是如此氣味香甜、滋味鮮美，散發著令大魚難以抗拒的誘惑。

曼諾林分給他兩條新鮮的小金槍魚，也許是長鰭金槍魚，現在正像鉛錘般掛在下沉深度最深的兩根釣繩上。另外兩根釣繩分別掛著一條大藍鯵和一條金鯵，這兩條魚雖然是用過的，卻還沒有變味，而且在美味的沙丁魚陪襯下，牠們一樣顯得如此鮮甜誘人。這些像鉛筆一樣粗的釣繩，牢牢套在新木料做的釣竿上，當魚觸動或拉扯魚餌時，釣竿就會向下彎曲。每條釣繩都連接著十多公尺長的繩圈，必要時，還可接上備用繩圈，讓釣繩長達一百公尺左右。

此刻，天邊出現一抹淡淡的暈紅，就像曼諾林年輕的臉蛋，太陽即將躍出海面。老人一邊留意著橫在船舷外的三根釣竿，同時輕輕划動船槳，讓釣繩始終保持平直，並停留在適當的深度。

太陽悄悄從海面上探出一絲臉龐，老人抬眼望去，別的漁船正遠遠四散分布在離岸較近的地方。過了一會兒，太陽開始發出耀眼光芒，把天邊的海水映照得一片通紅。接著，太陽整個躍出海面，一瞬間金光四射，整個東方的天空都鍍上一層金色。太陽光在水平如鏡的海面上反射過來，像成千上萬支金針似的，刺進老人的雙眼。一陣火辣辣的疼痛傳來，老人的淚水幾乎都疼出來了，只得趕快埋下頭，默默划動著小船。他閉目休息了一會兒，又睜開眼睛，小心翼翼地俯視著那幾條筆直垂向海水深處的釣繩。他把這些釣繩垂得比誰都要直，這樣就能讓魚餌分布得非常有層次。基本上海流深處的每個深度都有一個魚餌，等候任何一條游過的魚兒上鉤。這是他多年摸索得來的訣竅之一，其他漁夫就無法將釣繩垂放得如此筆直，只能任釣鉤隨海流漂移，因此，即使用了三十多公尺的釣繩，他們也只能讓魚餌沉在二十多公尺深的地方，而老人卻能將餌沉到三十多公尺深的水下。

老人心想：「我的竅門還有很多，只可惜運氣實在太壞了，但天無絕人之路，說不定今天我就會轉運呢！每天都是一個新的開始，充滿著希望和機會。我寧願一絲不苟，免得機會來臨時手忙腳亂，讓它從我的鼻子尖下溜走。有句俗話說得好，『機會偏愛有準備的人』。」

這時，太陽已經高高爬上天空，老人再次抬頭望向東方的天邊，不再感到那麼刺眼。放眼望去，遠遠的海面上只有零星的兩三艘船，胡亂地漂浮在離岸不遠的地方。

他想：「太陽初升時的光芒刺疼我的雙眼，日復一日，已經幾十年了，卻沒有對我的眼睛造成什麼損害。現在，我的雙眼依然可直視傍晚的太陽，沒有半點不舒服。不過，早上的太陽就有點受不了了。」

就在這時候，一隻軍艦鳥飛到老人附近的天空中，張開長長的黑翅膀盤旋起來。突然，牠雙翼向後一收，急速往海面俯衝下來，緊接著又飛離海面在空中盤旋。

「牠一定發現魚兒啦！」老人有些激動地喊出聲來，「否則牠是不會俯衝下來的。」

老人沉著地向鳥兒盤旋的海面緩緩划去。他輕輕地划著，沒有絲毫慌亂，筆直的釣繩也始終保持著原來的樣子。只不過這隻鳥兒的出現，使他預定的計畫略微提前，稍稍向海流靠近了一些，但整個捕魚行動仍然在他的掌控之中，從容不亂。

軍艦鳥雙翅一動也不動地展開著，又在更高的空中盤旋起來。緊接著，牠猛地往海面扎了下去，隨即，一條飛魚「噗」地一下子從水中躥了出來，拚命在水面上一閃而過。

「鬼頭刀。」老人自語道，「一條大鬼頭刀。」

老人有條不紊地行動起來。他輕輕地擱好雙槳，從前艙拿出一條細繩。繩頭上接著一段鐵絲和一支不太大的魚鉤，他拿起一條沙丁魚三兩下就穿在魚鉤上。然後，他把穿好的魚餌拋進水中，並將另一頭牢牢拴在船尾的一個帶環螺栓上。接著他又拿出一條釣繩穿上魚餌，盤在船頭艙板上備用。做好一切準備後，他握著雙槳輕輕划了起來，一邊仔細看著正在水面上低飛盤旋的軍艦鳥。

突然，鳥兒再次衝下來，先是雙翅後掠地潛進水裡，鑽出水面後又用力撲打翅膀追逐那條飛魚。海面上蕩起微微的水波，老人立即判定那是大鬼頭刀在追逐逃走的飛魚時所掀起的。鬼頭刀正從飛魚躍起處的水下加速橫截過去，等魚兒從空中落下時逮個正著。這準是一大群鬼頭刀吧！老人心想，牠們散布得很廣，雖然那條飛魚很大，飛得也快，但還是很難逃脫鬼頭刀的追獵，至於那隻軍艦鳥肯定也會白辛苦一場。

老人靜靜看著飛魚一再躍起和鳥兒的徒勞。他心想，「那群鬼頭刀實在游得太快太遠，已經從我手中逃脫了。不過說不定還會再讓我撞上一條失群的，今天已經是第八十五天了，總會有一條大魚是屬於我的。」

這時，一大團像大山的雲塊籠罩在陸地上空，遠方的海岸也被拉成一條長長的綠線，更遠處則是若隱若現的灰藍色山巒。海水變成深藍色，深得近乎發紫。老人往水中望去，那些釣繩仍筆直地垂著，隱沒在深深的水下。太陽已經高掛在天空，水面反射出一種奇特的光芒，與籠罩在陸地上空的雲層形狀一樣，說明了天氣會很好。暗沉沉的水中還漂浮著許多紛雜發紅的浮游生物，這讓老人非常高興，因為浮游生物的出現意味著有魚群在此出沒。那隻鳥兒已經飛走不見了，水面上沒什麼東西，只有零星幾條被太陽曬得發白的黃色馬尾藻，以及浮在船邊一個閃亮又黏糊糊的紫色泡囊狀僧帽水母。此刻，牠正像一個氣泡般輕快地漂浮著，不停地翻過來、又側過去，一根根深紫色的觸鬚拖在身後的水面上，那些觸鬚長長的，足足有一碼。

「臭水母！」老人說：「你這個噁心的傢伙。」

老人身子隨著雙槳的划動微微前後俯仰著，透過水下望去，一些顏色和觸鬚一樣的小魚，正在這些觸鬚中穿梭。陽光照在漂動著的「氣泡」上，投下小小的陰影，使水下的一切都顯得有些光怪陸離。小魚不怕那些分泌著毒汁的觸鬚，但人卻不行。當老人把一條魚拉回船上時，有些觸鬚會纏在釣絲上，如果一不小心讓觸鬚上的紫色黏液沾在胳臂或手上，就會像被野葛或毒漆樹扎到一樣，又紅又腫。而且這種水母的毒性發作更快，人一沾上就像挨鞭子抽一般，火辣辣地疼痛不已。

這些「氣泡」在陽光的照耀下，閃爍著一種迷人的光彩。如果你被牠好看的外表迷惑而伸手去捕捉牠們，那你就上當了。這也是老人最喜歡看這些討厭的騙子被海龜吞吃的原因。海龜一見到水母就迎面游過去，閉上眼睛以免沾上毒汁，張開大口一下子就把牠們連同觸鬚整個兒吞進肚子。老人不僅喜歡看海龜吞食僧帽水母，還喜歡在暴風雨後的海灘上踏著牠們走過去，在他長滿老繭的腳板底下，水母發出「噗噗」的爆裂聲，讓老人彷彿回到年輕的時候。

玳瑁和綠海龜是老人非常喜歡的動物，因為牠們不但擁有漂亮的外表，還能賣個好價錢。不過他有點討厭龐大又呆頭呆腦的紅海龜，只是這種討厭不同於對僧帽水母的厭惡，是一種善意的。紅海龜滿身黃不黃、綠不綠的甲殼，發情交配時的怪模怪樣，以及閉著眼睛吞食僧帽水母的悠然神情，常常受到老人的嘲笑，並為他的海上生活帶來無盡的樂趣。

雖然多年前曾出海捕過海龜，但老人並不認為牠們就應該遭受如此不幸的命運。所有的海龜，包括那些有整個船身大、重達一噸的大箱背龜，無一例外都遭過漁民們的毒手。據說有一隻海龜在被屠宰幾小時後，心臟依然有力地跳動，這讓老人為海龜們感到格外難過，因為他認為自己也擁有一顆如此有力的心臟。不過同情歸同情，為了在打魚季節裡有足夠的力氣，他常常不得不吞食許多海龜蛋。

除了海龜蛋之外，老人還常喝鯊魚肝油。這種油是免費的，只要誰需要，自己去拿就行。村子裡有一間專門供大家存放漁具的小屋，那些鯊魚肝油就儲藏在小屋中的一個大汽油桶裡。這種鯊魚肝油的味道很差，卻對早起晚歸的漁民有莫大的好處，不但可預防傷風感冒，還能保護視力。

海面上靜悄悄的，沒有一絲風，老人仰起頭，看見那隻軍艦鳥又飛了回來，在半空中不停盤旋。「牠又發現魚啦！」老人立即打起精神注視著海面。「嘩啦」一聲，一條小金槍魚突然破水而出，高高躍上半空，在燦爛的陽光下，閃爍著一片眩目的金光。緊接著，水聲再次急遽響起，接二連三又躍起很多魚，向四面八方亂蹦，海面像沸騰般水花四濺，連老人布下的魚餌也被攪得浮上水面。這時，「呼啦」一聲，那隻鳥兒正收攏翅膀，向水面俯衝而下，然後猛地扎了下去。

正當老人有些後悔沒有早點到這裡來，以致讓魚兒游開時，他突然感到腳下的釣繩繃緊了，就是拴在船尾那條釣繩，老人把它在腳下盤了一個圈。他輕輕放下槳，牢牢抓住釣繩，慢慢往回拉。有魚兒上鉤了！老人的心也微微地激動起來，因為他感覺到釣繩那頭傳來輕輕的顫動。當魚兒快要被拖離水面時，這種顫動越來越劇烈，透過清澈的海水，老人甚至已經看到魚兒金光閃閃的鱗甲。老人猛然一用力，魚兒就脫離了水面，在空中劃出一道美麗的弧線，「砰」地一下被甩在船尾的甲板上。在陽光的照射下，牠的鱗甲閃爍著一種近乎聖潔的光輝，有力的尾巴還在船板上心有不甘地拍打著，直到老人拿出棍子重重給了牠一下，那魚兒才停止掙扎，只呆睜著一雙大眼，嘴巴一張一合地急遽喘息。

「長鰭金槍魚，」老人拎起牠，自言自語道，「可能有十磅重，是條很好的魚餌。」

不知從何時開始，當他獨自一人時總會自言自語。而且有段時間，他還自個兒在海上高聲唱歌呢！好像每次曼諾林走後，老人就開始跟自己說話，久而久之便成了習慣。通常，他和曼諾林只在夜晚或不能下海時聊天，出海後總是有必要才會開口交談，因為在海上不說廢話是漁民的傳統和規矩。不過，現在的他卻把這規矩拋在腦後，想說什麼就說什麼。

「要是有人聽到我不停地自言自語，一定會以為我是個瘋子。」他又自言自語道：「管他的，誰叫我沒錢像那些富人一樣，買個收音機放在船上，給我講講棒球呢？而且我又沒有吵到別人。」

「不過現在可不是想棒球的時候，」他提醒自己，「現在最要緊的是尋找我的那條大魚。剛才只不過是條小小的金槍魚罷了，那群魚兒游得太快，不然我會多捉幾條的。真奇怪，今天的魚兒游得都很快，而且全都往東北方游去了。這不會是一種我不知道的天氣變化預兆吧？或是在提醒我今天該轉運啦？」

老人這時已經望不見綠色的海岸，只有灰藍色山峰的峰尖在大團大團的雲層籠罩下若隱若現，像是虛無縹緲的仙境一般。明晃晃的陽光直射在墨綠色的海面上，隨著水波輕輕蕩漾，折射出一彎彎瑰麗眩目的虹彩。那些密集紛雜的浮游生物早已無影無蹤，只有釣繩還筆直垂在水中。老人一邊輕輕划著船，一邊感覺到脖子和後背好像被千萬支針刺一樣，火辣辣地難受，豆大的汗珠一顆接一顆鑽出來，匯集在一起順著背淌了下來。

抬頭望了望火紅的太陽，「真想睡一覺，」老人自言自語著，「把釣繩在腳趾上打個結，就不怕睡著時讓上鉤的魚兒溜走了。不過，今天可是第八十五天，得仔細些，我的那條大魚還在等著我呢！」這時，一根釣竿突然沉沉地彎了下去。

「來了！」老人悄悄對自己說。他輕手輕腳擱好雙槳，伸手拉過那條釣繩，用右手拇指和食指輕輕捏住。很快地，老人感到魚兒拉動魚餌時的微弱力量，那是一種若有似無的感覺，老人立刻就明白，有一條大馬林魚正在吃魚餌上的小沙丁魚，牠們是用來遮掩釣鉤的鉤尖和鉤柄的。然後，他小心翼翼把繩子從釣竿上解了下來，讓它能從指縫間滑過去，以免魚兒覺察到有什麼拉力而放棄吞餌。

老人心裡開始叨唸起來：「吃吧！魚兒，張開喉嚨吃吧！在這九月的深海，你一定也餓壞了。你嚐嚐看，這些金槍魚和沙丁魚多麼鮮美啊！吃吧！快吃吧！」

老人用心感受著水下的動靜。很快地，他手上的繩子又輕輕動了一下，接著是重重的一下，哦，牠在咬沙丁魚的頭，可是後面卻沒動靜了。

老人捏著釣繩靜靜耐心等候，他知道魚兒始終會上鉤的，多年的打魚生活早就使他擁有足夠的耐心。不一會兒，水下又傳來一下輕微拉動。但是，魚兒並沒有吞下魚餌，牠游開了。

「牠不會走掉的。」老人說，「那些沙丁魚和金槍魚的味道是如此鮮美，牠只是在旁邊觀望，總會上鉤的。」

這時，繩上又出現微微的顫動，緊接著傳來一股驚人的力量。老人急忙略略鬆開手指，讓繩子從指縫間滑下去，滑下去，滑下去。看著繩子飛速從自已的指縫溜走，老人心裡不禁泛過一絲快意。

「我的大魚！」他說，「魚餌梗在牠的喉嚨口，牠正帶著鉤子游開呢！」老人並不擔心魚兒不吞下魚鉤，不過他還是閉上嘴，因為他擔心自己的聲音會把魚嚇跑。他開始想像魚到底有多大，以及在水下扭動掙扎的情形。這時，老人感到魚扯動的力量更加強烈，便趕忙再放出一些繩子。

水下傳來的那股力量越來越大了，繩子也被拉得筆直往水下沉去。老人知道魚已經把餌吃下去。「你已經是我的啦！」老人高興地說著，一邊快速讓繩子從指縫間滑下去，同時把兩捲備用的繩子繫上，旁邊還有另外三捲準備著。

「大口大口地吞下去吧！」老人對著水下喊著，「最好讓魚鉤一下子刺穿你的心臟，然後慢慢浮上來，我就可以省掉許多力氣，直接用魚叉扎進身子把你弄上船啦。好啦，豐盛的午餐享用完了嗎，我的大魚？」

「來吧！午餐正式結束了！」老人大喝一聲，雙臂猛一使勁，急速交替拽著繩子，一下接一下地往回收。魚兒可真大啊，老人咬著牙，把繩子的一端壓在身下，雙臂使出最大的力量，使勁把繩子往回拉。

這條魚實在太大了，繩子幾乎紋風不動！任憑老人如何竭盡全身力量，魚兒卻自顧自地慢慢往深處游。幸好老人的繩子很結實，不然一定會被魚兒掙斷。這時，坐在船板上的老人只能把繩子從肩頭往背後繞去，雙手緊緊拽住繩子不放。他的上身向後用力仰著，使整條繩子像張開的弓弦一樣，繃得筆直。繩子在蕩漾的水波撥動下，發出一陣陣悠長而輕柔的嘶嘶聲。

魚兒依舊是若無其事地向前游動，老人也只能緊緊咬住牙關，苦苦支撐著，小船緩緩往西北方漂去。

其他的魚餌還在水中，但老人已騰不出手來管它們了。「我該讓曼諾林一起來的。」老人自言自語，「現在看來是我被魚釣住了，我倒成了繫繩子的纜柱。要是把繩子拴在船上，繃得太緊一定會被拉斷，而我的大魚也會跑掉。我只能盡力拽住繩子，堅持，再堅持吧！牠想要釣繩，就放一點給牠，反正我還有三捲備用的。來吧！大魚，看我倆到底誰能堅持到最後。」

幸好大魚只是往前游，並沒有往下沉，不然老人還不知該怎麼辦。要是魚下潛後才死掉，那就更糟啦！因為老人根本無法把魚從深深的海底拉上來。但老人並不擔心，因為他已經在這茫茫大海上經歷太多大風大浪，他對自己說：「總會有辦法的，我還有很多方法可想呢！」

因此，他只是把繩子緊緊繞在自己背上，默默注視著繩子的倒影在海面上輕輕蕩漾。「這魚堅持不了多久，很快牠就會浮上來的。」老人不停為自己打氣。

但是，整整四個小時過去了，那魚仍然拖著老人往前游，老人也仍然緊緊拽著繩子，苦苦支撐著。「這是條什麼魚呢？這麼有耐心和韌勁，我真想看看牠到底長了一副什麼模樣。」老人心想。

老人頭上的草帽卡得他前額隱隱作痛，這是他自找的。在逮住這條魚之前，他把草帽緊緊往頭上按了下來，這時不得不騰出一隻手，來鬆一鬆頭上的草帽。陽光毒辣地照射，他的喉嚨像著火似的乾渴難受，嘴唇也幾乎乾裂。於是，他慢慢跪下來，一邊緊緊拽著繩子，同時以雙肘盡可能地爬向船頭，伸手去搆著水瓶。他小心翼翼打開水瓶，淺淺地喝了一小口，稍稍喘口氣後，便靠著沒有豎起來的船帆和桅杆歇了起來。他腦子裡一片空白，只知道緊緊拽著手裡的繩子。

休息一會兒之後，老人回頭望去只見一片茫茫大海，陸地已經看不見了。不過老人並不擔心找不到回家的路，在海上生活幾十年，老人從沒迷路過，因為他隨時可以根據哈瓦那的燈光找到回家的路。他端詳著天色，「還有兩個小時太陽就下山了，到時魚肯定要浮上來，牠堅持不了多久的，頂多到月亮出來時，再不然就是明早，總之，牠始終都要浮上來。堅持到最後的一定是我，因為我渾身還有用不完的勁兒，而那條魚的嘴裡卻吞下一支鋒利的鉤子。不過，牠也真夠厲害的了，居然能拖著船游這麼久、這麼遠，真是一條值得尊敬的大魚。我倒想看看牠到底是什麼模樣。」

太陽已早早沒入海中，海面上也刮起陣陣微風，吹冷了老人的滿身汗珠。冰涼的汗水貼在老人身上，讓他忍不住打個冷顫。他連忙拖一條麻袋過來圍在脖子上，並小心將它墊在釣繩下面。如此一來，他的肩膀就不會被繩子勒得那麼痛，而且也能微微彎著腰，靠在船頭上休息一下。這微微一靠對此時的老人來說，簡直就是一種天大的享受。

天色已經完全黑下來，夜空中綴滿晶瑩的星星，一閃一閃的，與海面上的倒影交相輝映。老人凝望著星空，發現大魚在游動中居然還能保持固定的方向。「這下遇到對手了，」老人心想，「不過我也不是那麼好惹的。雖然我現在拿你沒辦法，但你也無法逃脫，我們就這麼耗著，看看到底誰捱得住。」

魚兒或許也有些累了，因為老人感到小船的漂流慢了一些。他用一隻手緊緊拽著繩子，另一隻手則撐在船板上努力站起來，就在船邊痛痛快快地撒了一泡尿。此時他抬起頭來，仰望著滿天星斗，來判斷他們的航向。這時他已經看不見哈瓦那的耀眼燈光，於是他立即據此斷定他們正往東邊漂去，要是方向持續不變，他應該還能看見哈瓦那的燈光，只有航向轉向東方才會看不見。當他站起來時，釣繩從他肩上筆直地鑽進水裡，閃耀著點點磷光，像是一條妖異的怪蛇。突然他又想起棒球來了，「今天可是有大聯盟的比賽啊，要是我有一台收音機這種玩意兒就好了。不過，現在還是對付大魚要緊。」

接著他想起曼諾林，喃喃自語道：「他一直想見識如何釣大魚，早知道該帶他來的，給我擦擦汗也好啊！」

「難道年紀大就該孤獨嗎？對了，船尾還有一條金槍魚，待會兒得趁還沒壞趕快把牠吞下肚，要不然一定沒力氣捱下去的。雖然生魚的味道不是那麼好，我還是必須吞下去，哪怕只吃一點點也好。」

漫漫長夜裡，小船邊突然傳來一陣聲音，那是海豚在快活嬉戲玩鬧，不停地翻騰和噴水，弄出「嘩嘩」的聲響。老人立即聽出那是海豚，因為牠們和飛魚一樣，都是老人在茫茫大海中的好夥伴。而且老人還分辨出那是一對快樂的情侶，他聽見雄海豚發出喧鬧的噴水聲和雌海豚發出喘息般的噴水聲。

「牠們真是自由快活啊！而我可憐的大魚，這一刻是否在水下大口大口地喘著粗氣呢？牠真是一條奇特的魚，是不是像我一樣經歷太多的事情，變成一個糟老頭呢？從牠咬餌的那股勁兒來看，牠應該是一條雄魚，而且拉動繩子時也帶有一種陽剛的力量，搏鬥起來一點都不慌亂。這真是一條難纏的魚！」他想。「我從沒釣過這麼強壯的魚，也沒見過行動如此奇特的魚。搞不好牠還是一條老謀深算的魚，從不瞎蹦亂跳呢。不過，也許牠曾上鉤過好多次，所以知道這樣做是最好的解決方法。牠哪會知道自己的對手只有一個人，而且還是個老頭子。要是牠亂蹦亂跳或猛衝猛撞，說不定我會吃不消。牠該是條多大的魚啊？如果肉質屬於上乘，在市場上能賣多大一筆錢呢？這會兒，牠的心裡在想些什麼呢？不會像我一樣把命都豁出去了吧？」

他想起那次釣大馬林魚的情景，那是他所見過最令人傷心的情景了，而這齣悲劇正是由他一手導演。那是一對恩愛的大馬林魚，每次覓食時，雄魚總是讓雌魚先吃。那條上鉤的正是雌魚，牠發狂似地猛烈掙扎起來，不久就筋疲力盡了。雄魚始終待在雌魚身邊，在釣索旁竄來竄去，陪著雌魚在水面上一起轉圈子。雄魚的尾巴無論形狀或大小都和大鐮刀差不多，而且非常鋒利，不停在釣索旁邊晃來晃去。老人生怕牠的尾巴會把釣索割斷，便趕忙用魚鉤把雌魚鉤住，一邊握住那邊緣凹凸不平的長嘴，同時以棍子連連朝頭頂狠狠揍去，直打得牠變成一片暗紅色，就像鏡子背面的顏色一樣。然後，老人和曼諾林一起把雌魚拖上船，這時雄魚還一直待在船舷邊不肯離去。當老人忙著解下釣索、裝上魚叉時，雄魚在船邊高高地跳到空中，察看雌魚在哪裡。牠的一對胸鰭大大地張開，就像是一雙淡紫色的翅膀。上面的淡紫色寬條紋是如此清晰美麗，以致事隔多年，老人仍歷歷在目。

這實在是一對情深意重的大馬林魚，老人想。看到這一幕，曼諾林也很難過，但是為了填飽肚子，他們不得不在心中默默請求這條雌魚原諒後，馬上把牠宰掉。

船頭邊緣的木板，被日復一日的海上生活磨得渾圓光滑，老人現在正緊緊將身子靠在這裡，竭力抵抗著大魚的拉扯。「要是曼諾林在就好了。」老人不禁說出聲來，並緊了緊勒在肩膀上的繩子。大魚依然朝著牠自己選擇的方向穩穩游去。

「沒辦法，我們必須做出自己的選擇，這也許就是命中註定吧！」老人想，

「牠的選擇是躲進黑暗的海水深處，把一切圈套、羅網和險惡都遠遠拋開；而我選擇的卻是不停地追逐，想盡辦法要把牠弄上船來，哪怕直到天涯海角。現在我跟牠拴在一起，從中午開始到現在，而且之後我們一切都只能靠自己了。」

「或許我不該當漁夫，」他想。「可是我不當漁夫又能夠做什麼呢？對了，天亮的時候，我還得記著把那條金槍魚給吞下去。」

眼看天色就要亮了，「啪」地一聲，老人背後的一根釣竿突然斷裂，不知是什麼咬住那根釣竿上的魚餌，並拖著釣索越過船舷飛快往水下溜去。老人立即把緊拽著的繩子稍微往左邊移一下，以左肩承受大魚所有的拉力，並騰出右手摸黑拔出鞘中的刀子，整個身體竭力朝後仰，斜靠著船舷，迅速砍斷那條釣索。

接著，他又俐落地砍斷不遠處的幾根釣繩，然後摸黑把這幾捲釣繩的斷頭接在一起。雖然他暫時只有一隻手可使用，但仍然很熟練地接好繩子，並以單腳穩穩地踩住，把繩結拉得非常結實。如此一來，他就有六捲備用釣繩可用了，而且這六捲繩子都已經牢牢接在一起。

「等天亮了，」他想，「我可要想辦法接近後面那根垂到水下二十公尺的釣繩，把它也砍斷，好讓那兩捲備用繩子都接上。雖然這樣我會失去六、七十公尺的好繩子，還有釣鉤和接頭。不過這是值得的，這些東西都能再買，而且也花不了幾個錢。萬一這些魚鉤釣上別的魚，讓我手忙腳亂把這條大魚搞丟，那才真是得不償失啊。剛才咬餌的是什麼魚呢？有可能是條大馬林魚或劍魚，也有可能是鯊魚。我根本來不及琢磨，就不得不趕快把牠擺脫掉……唉，都是這條該死的大魚。」

他再次想起曼諾林：「要是那孩子在就好了，說不定我們已經逮住剛才那條魚。」

「然而曼諾林並沒有來，你只能依靠自己。你最好趕緊想法子靠近船尾那根釣繩，把它割斷，接上那兩捲備用的繩子。雖然天還沒亮，但為了避免到時來不及，最好還是摸黑就幹吧！」

船上一片漆黑，這給老人的行動帶來極大困難。正當他全部注意力都放在那條繩子上時，大魚突如其來地猛烈掀動一下，立刻就把猝不及防的老人拖倒。他根本來不及做出任何反應，就重重栽在船板上。粗糙的船板劃破他的下眼瞼，鮮血瞬間順著臉頰淌下來。幸好老人的傷並不重，血還沒流到下巴就凝住了。

他吃力地挪動身子回到船頭，斜靠在船舷上歇一口氣。老人把繩子小心翼翼地挪到肩上的另一個位置，以肩膀將它支撐住，然後用手輕輕扯一下繩子試試大魚的拉力，接著又把手伸進水裡，測量小船航行的速度。

「牠可真有勁啊！」老人心想。「不曉得大魚剛才為什麼突然來這麼一下，也許是釣繩上的鐵絲接頭掛疼了牠高高隆起的背脊吧。不過，牠的背脊總沒有我的痛。現在所有礙手礙腳的東西都清除了，而且我又有許多備用的繩子，你的力氣再大，總不能無休止地拖著一條船到處跑吧？堅持到最後的一定是我。」

「魚啊，」他輕輕地說出聲來，「讓我們不死不休吧！說不定你就是這麼想的。」老人一邊想著，一邊等待黎明的來臨。現在正當破曉前，天氣很冷，老人不得不將身體緊緊貼著船板，使自己儘量暖和一些。「來吧！魚兒，看看咱倆誰捱得久。」他喃喃說著。天色微微亮了起來，繩子向外伸展往水中沉去。小船平穩地向前漂流，初升的太陽剛剛露出一個邊兒，陽光直射在老人的右肩上，暖暖的。

「牠又轉向北方了。」老人說。四下望了望，老人判斷道：「海流卻會把我們遠遠地朝東方送去。要是牠隨著海流向東拐彎，就說明牠已經開始感到疲乏了。」

太陽漸漸地爬出海面。老人發覺，到此刻為止，大魚都還沒露出一絲疲乏的跡象。只有一點讓老人堅定持續下去的決心，那就是大魚可能要浮上海面了，因為釣繩在海面上的傾斜程度，說明牠正在較淺的地方游著。

「老天爺啊，叫牠浮上來吧！」老人說，「我已經做好準備，接好我的釣繩，足夠對付牠了。」

「說不定我把釣繩稍微拉緊一點，把牠勒痛了，就會浮上來。」他想。「而且現在已經是白天，對我可是大大有利呢！就讓大魚把牠的魚鰾裝滿空氣，趕緊浮上來吧！要不然牠沉到海底死了，我可要花一番大力氣呢！」

老人想把繩子再拉緊些，但當他向後仰著身體，吃力地拉動繩子時，卻感覺整條繩子已經繃得硬梆梆，於是他知道無法拉得更緊。「我千萬不能猛力硬拉，」他想，「每拉一下，都會使釣鉤鬆動，等牠真的浮上來時，也許就會掙脫釣鉤。反正太陽已經出來，暖洋洋地照在我身上，我覺得比昨晚好過多了。」

不過，大魚並沒有浮上來。釣繩上不知何時掛滿黃色的海藻，那種會在夜晚閃耀點點磷光的墨西哥灣黃色海藻。這讓老人感到很高興，因為這些海藻只會加重魚兒的負擔，消耗牠的力氣。

「魚啊！」他說，「你真是一條令人尊敬的魚，不過今天無論如何我都要殺死你。」

但願如此，老人心想。

這時，從北方遠遠飛來一隻小鳥。小鳥似乎已經非常疲累，因為牠幾乎是貼著水面飛行。牠已經沒有力氣再飛高了，老人猜想。

鳥兒飛到船尾上歇了一口氣，又張開翅膀在老人的頭頂上空盤旋一會兒，然後輕輕落在那根緊繃的釣繩上。釣繩一晃一晃的，似乎讓牠覺得比較舒服。「你多大了？」老人問鳥兒，「這是你第一次離開家嗎？」

當老人說話時，小鳥直直地望著他，好像還沒喘息過來似的。牠太疲倦了，連仔細看看釣繩都顧不上，就急急忙忙用小巧的雙腳緊緊抓住釣繩，像鐘擺一樣在上面不停地左搖右晃。「放心吧！這釣索很穩當，」老人安慰著鳥兒說，「太穩當啦！真奇怪，昨天夜裡沒風沒雨的，你怎麼搞得這樣狼狽？要是你遇上老鷹該怎麼辦呢？」

「那些兇猛無情的老鷹，是會飛到海上來捕捉鳥兒的老鷹。」不過這句話，他卻沒有對鳥兒說出口。「反正鳥也聽不懂我到底說了些什麼，而且你很快就會知道老鷹的厲害了。」他想。

「好好歇歇吧！小鳥兒，」他說，「然後就飛回陸地上去，像每個人、每隻鳥或每條魚一樣，碰碰運氣吧！今後如何，就看你的造化了。」

老人這麼囉嗦，其實無非是想藉由這種方式來振奮自己的精神，這也是他多年來獨自在海上摸索出來的竅門之一。現在他的精神確實好多了，儘管他的脊背在夜裡變得如此僵直，而且正痛得厲害。

「鳥兒，很抱歉我不能趁現在刮著小風時，揚起帆來把你送回陸地。」他說，「要是你樂意，就待在我這艘破船上吧！我倒是很想和你交個朋友。」

突然，那魚陡地一掙，頓時把老人拖倒在船頭上。老人趕緊鬆開一隻手，死死地在船舷撐住身子，同時稍稍放出一段釣繩。幸好他反應夠快，要不然這一下可夠他受的，說不定還會被大魚拽進海裡去，那可真丟臉啊！

鳥兒早在釣繩猛烈抖動時就已經飛走，不過當時老人正自顧不暇，沒有看到牠離開。

當他用右手小心翼翼去摸釣繩時，猛然覺得手上就像被火燒一樣，火辣辣的，低頭一看，才發現手上正在淌血。

「這魚一定是給什麼東西弄傷了。」他一邊判斷著，一邊用力把釣繩往回拉，試圖把魚翻過來。釣繩上傳來一股強烈的拉力，使釣繩緊緊繃著，幾乎都快斷了。於是他握緊釣繩，將身子竭力朝後倒去，穩定下來。

「嘗到厲害了吧？大魚，」他說，「不過說老實話，我的情況也好不到哪兒去。」

他轉頭四處尋找那隻小鳥，因為老人很樂意有牠來作伴。然而鳥兒已經飛走，整個海面上一片空空蕩蕩。

「你怎麼這麼快就走了呢？」老人想，「要知道在這無邊無際的大海上有多少風浪和兇險啊，你只有飛到岸上才會安全。我是不是真的老了，要不然怎麼會讓那魚隨隨便便地一拉，就把手弄破？也許是因為只顧著和那隻小鳥說話，想著牠的事吧。現在我可得把心思放在自己的事情上，待會兒還要記得把那條金槍魚吃下去，要不然，可沒力氣和這魚耗下去啦！」

「要是曼諾林在這就好了，真希望手邊有點鹽。」他自言自語地說。

老人小心翼翼跪了下來，吃力地將繃緊的釣繩慢慢挪到左肩上，然後半俯著身體把受傷的右手伸進海水裡清洗。他就這樣把手一動也不動的浸在水裡一分多鐘，水面浮起一小片淡淡的血跡。船一刻不停地向前駛去，激起一波一波小小的浪花，輕輕在他手上拍打著，很快就把那片淡淡的血跡沖走了。

「牠開始慢下來了。」他說。

海水的浸潤讓老人的傷口很舒服，因此，他不想這麼快就讓右手離開海水。但是他更怕大魚在此時又突然來一下，要是這樣老人一定會給拽進海裡。於是他只得打起精神努力站起來，把手高高舉起晾在陽光下。那其實根本算不上是什麼傷，只不過被釣繩勒破一點皮肉而已。不過傷處正是手上的重要關節，而且他現在正需要一雙有力的手來對付那條大魚。還沒看到魚究竟長什麼樣就弄破手，讓老人不禁有些懊惱。

「管他的，」老人的手很快就曬乾了，他說，「該是吃小金槍魚的時候了。我可以用魚鉤把牠鉤過來，靠在這兒舒舒服服地吃。」

他慢慢跪下來，匍匐著用魚鉤搆著船尾的金槍魚，小心不讓牠和那幾捲釣繩糾纏上，把魚拖了過來。接著他又用左肩挎住釣繩，左手和胳臂撐在船板上死死拽著，騰出右手從魚鉤取下金槍魚，再把魚鉤放回原處。然後，他以右膝使勁抵住魚頭，從脖頸到魚尾順著割下一條條深紅色的肉。他從脊背邊開始割，直到肚子邊，總共割下六條斜角塊狀的肉條，並將它們攤開來晾在船頭的木板上。他把刀子在褲子上擦拭乾淨，拎起魚尾巴，把骨頭扔進海裡。

「我想我是吃不下一整條的。」說著他就用刀子把一條魚肉切成兩塊。沉甸甸的釣繩一直緊緊繃著，這會兒又傳來一陣猛烈的拉拽，他的左手突然開始抽筋。

老人十分惱怒地看著自己的左手，它正緊緊攥著釣繩怪異地扭曲著。「這算什麼手啊！」他大吼，「簡直就像一隻鳥爪，你愛抽就抽吧，反正對你沒什麼好處。」

「快點，」他想，低頭望著斜斜伸向黑沉沉海水裡的釣繩，「快把肉吃了，手就會有力氣。不能怪這隻手不好，它已經跟大魚糾纏好幾個鐘頭啦！馬上把金槍魚吃了，你就能夠跟牠周旋到底。」

老人拿起半塊魚肉放進嘴裡，慢慢地咀嚼。「味道還不錯，」他想著，「如果加上一點酸橙或檸檬還是鹽，簡直就是美味極了。」

「手啊，你感覺怎麼樣？」他問那隻抽筋的手，它僵直得就像是僵屍的手一般，「為了你，我還是再吃一點吧！雖然我有些吃不下了。」他又把另外那半塊魚肉放進嘴裡，細細地咀嚼，然後把魚皮吐出來。

「恢復力氣了嗎？手啊！也許你現在還答不上來。」他又拿起一整塊魚肉，用力咀嚼起來。

「這是條壯實有力而且血氣旺盛的魚。」他想，「幸好我捉到的是牠而不是鬼頭刀，鬼頭刀的肉太甜了。這肉一點都不甜，能讓我補充足夠的力氣。」

「不過，要是我有點兒鹽就好了，我可不敢保證太陽不會把剩下的魚肉曬壞，所以最好還是把它們全都吃了，儘管我現在並不餓。大魚現在安安靜靜的，不知道是不是也在積蓄力量。不過只要我把這些魚肉統統吃掉，對付你就有足夠的把握啦。」

「再忍耐一下吧！手啊，」他說，「我這麼做可都是為了你啊！」

「那條大魚也算是和我生死相隨了，」他想，「可是我不得不養精蓄銳，才有力氣去把牠殺死。」他慢慢把一條條的魚肉吃個精光，然後在褲子上擦了擦手，直起腰來。

「好了，」他說，「手，現在你可以鬆開釣繩了，我現在渾身充滿力氣，只要用右臂來對付牠，就可以把牠收拾得服服帖帖。」老人以左腳用力踏在剛才左手攥著的釣繩上，身子竭力後傾，用他寬闊的背來承受那股拉扯的力量。

「老天保佑，別再讓我抽筋了」他說，「這魚不知還會玩出什麼花招來呢！」

「不過，現在的牠似乎很鎮靜，」他想，「看起來是一條老謀深算的魚。可是牠到底打算怎樣呢？我又該如何應對呢？牠的塊頭這麼大，看來我只能走一步算一步了。如果牠浮上水面，我就有把握殺死牠。要是牠始終待在下面不上來，那我也只能這樣陪牠耗下去。」

老人把那隻抽筋的手在褲子上不停地摩擦，想使扭曲的筋骨鬆弛下來，卻沒什麼效用。他想，說不定曬曬太陽就會好起來，或是等那些金槍魚肉消化後，就會帶來足夠的氣力，手也就能張開了。「其實我也可以硬把手掰開，但我現在還不願這麼做，就讓它自行張開，自然地恢復過來吧！它實在是太疲累了，昨天晚上為了解開和接上那麼多繩子，已經被我使用過度了。」

老人眺望空空曠曠的海面，發覺自己此刻是多麼孤單。幸好太陽照在海水深處折射出一片五光十色的虹彩，還有斜斜伸向海水深處的釣繩，以及海面上輕輕湧動著的奇異波紋，都稍稍減輕了老人的寂寞。九月正是多風的季節，一團一團的雲彩正在積聚。老人朝前望去，茫茫的水面上一群野鴨迅速飛過，在蔚藍的天空下，牠們的身影時而清晰，時而模糊。老人明白，在茫茫的大海上，自己是永遠不會孤單的，因為他還有這麼多魚、這麼多鳥做伴。

他想到，有些人乘小船到望不見陸地的地方就會覺得害怕。在天氣經常變化的季節裡，他們是有理由感到害怕的。如今正是刮颶風的季節，在這個季節裡，不刮風時恰恰是一年當中捕魚的黃金時刻。如果這時仍害怕出遠海，就只能說明他真的是個懦夫了。

老人心想，颶風來臨之際，海上的人們總能在好幾天前就從種種跡象看出徵兆，但是岸上的人們就不知道該注意些什麼跡象了。

「其實我知道從雲的形狀變化，也能發現陸地上的一些變化。不過，眼下是不會刮颶風的。」

老人抬頭仰望高高的天空，看見一團團積雲，就像是一朵朵雪白的棉花糖。在這些可人心意的積雲上面，則是一團團捲雲，像鳥兒的羽毛般漂浮著。

「微風是多麼輕柔啊，」他說，「天氣這麼好，我的大魚啊，這對我實在有利多了。」雖然老人的左手依然在抽筋，卻開始恢復一些知覺，正慢慢地舒展開來。

抽筋是最讓人惱怒的事了，他想。這是身體的自我背叛。在人多的時候，因為食物中毒而上吐下瀉最讓人難堪；但是當你一個人待著的時候，沒有什麼比抽筋更令人喪氣的。

「要是曼諾林在這兒話，他就可以替我揉揉了。從前臂慢慢一路往下揉，輕輕地，那該有多舒服啊！不過這手終究會好起來的。」

這時，他緊緊拽著繩子的右手，感覺到繩子的拉扯力道起了一些變化。他仔細一看，才知道繩子在水裡的傾斜度也開始慢慢改變，繩子逐漸緩緩地向上彎起，於是老人立即用力把繩子往回收。「牠上來啦！」他說，「手啊，快點，再快一點吧！」

釣繩穩穩地不斷往上浮，小船前方的海面也鼓起一大團水紋。「嘩啦」一聲，大魚終於浮出海面，清澈的海水正從牠的兩側傾瀉而下。在陽光的照耀下，整個魚身閃爍著一片亮晶晶的光芒。牠的腦袋和背部呈深紫色，在金色的陽光下，兩側淡紫的條紋在陽光中顯得特別寬闊。牠的長嘴有球棒那麼長，前端尖細，就像一把利劍。大魚把全身從頭到尾露出水面，然後又悄無聲息地鑽進水去。老人看見牠那大鐮刀般的尾巴輕靈地揚了一下，就沒入水裡，長長的釣繩又開始往海裡飛速溜去。

「牠比這小船還長兩尺呢！」老人說。釣繩快速往水中溜去，看得出來那魚並沒有受到驚嚇。老人只是設法用手穩穩地拽住釣繩，讓大魚不得不慢下來，要不然牠準會把所有的釣繩都拖走或繃斷。

「真是一條大魚啊，我一定要制伏牠！」他想。「可不能讓牠使出所有的力氣，要是牠拚盡全力，搞不好會讓我下不了台。如果我是大魚，這時早就使出渾身力氣，不斷往前飛逃直到把釣繩繃斷為止。但是，感謝上帝，大魚並沒有我們這些要屠殺牠們的人聰明，儘管牠們比人類更適合在這茫茫大海生存。」

老人見過很多大魚，包括許多超過一千磅的，年輕時也曾捕過兩條這麼大的魚，不過都不是獨自一人逮到的。而現在，他卻是獨自一個人，在這看不見陸地的大海上，和一條前所未見的大魚緊緊拴在一起。他的左手依舊扭曲著，像一隻難看的鷹爪。

「不過它很快就會復原的，」老人想，「它總會好起來幫助我的右手。」

大魚再度慢下來，以牠慣常的速度往前游著。

「為什麼牠會突然跳出水面呢？不會只是為了讓我看看牠的個頭有多大吧？不過現在我總算知道牠是一條多大的魚了。到時我也會讓你瞧瞧我的厲害，雖然我的左手現在還在抽筋，但我會盡力做到的。我雖然沒有你龐大的身體和力氣，不過我卻有鋼鐵的意志和聰明的頭腦，這可是我的兩大優勢呢！」

老人安穩地靠在船舷上，忍受著肩膀上陣陣襲來的劇痛，而大魚仍然平穩地游著，拖著小船穿過深藍色的海水緩緩前進。東方吹來縷縷微風，在平靜的海面上激起朵朵細碎的浪花。到了中午時分，老人那抽筋的左手終於又舒展白如了。

「對你來說，這可不是個好消息啊，我的大魚。」他說著，把釣繩從墊在肩膀的麻袋上輕輕挪動一下。

他感到愜意，但也很痛苦，儘管他根本不願意承認有痛苦。

「我並不虔誠，」他說，「但我願意唸十遍《天主經》和十遍《聖母經》，好保佑我能逮住這條魚。我還許下心願，如果逮住牠，一定去朝拜聖母。」

他機械式地做起祈禱來。他實在是太累了，有些時候根本背不出禱詞來，不過老人仍然堅持著。《聖母經》要比《天主經》容易唸些，他想。

「萬福瑪利亞，滿被聖寵者，主與爾偕焉。女中爾為讚美，爾胎子耶穌，並為讚美。天主聖母瑪利亞，為我等罪人，今祈天主，及我等死候。阿門。」然後他又加上兩句：「聖母瑪利亞，願你祈禱這條魚快死去吧，雖然牠是這麼了不起。」

祈禱完畢後，他整個人似乎感覺輕鬆許多，彷彿也更有力氣了。不過，肩膀上仍是一片火辣辣的疼痛，而且好像比剛才更厲害些。於是，老人把背斜斜靠在船頭上，機械式地活動著左手的手指。

紅紅的太陽正當空熊熊燃燒，雖然海面正吹來一縷柔柔的微風，卻絲毫沒有涼爽的感覺。

「我最好還是把船尾的釣繩重新裝上釣餌。」他說。「要是大魚打算再這樣過上一夜，我一定得再吃點東西才行。而且，水瓶裡的水也不多了。我看這附近除了鬼頭刀，大概也逮不到別的了。不過，新鮮的鬼頭刀味道還算可以。要是今夜有條飛魚跳上船來就好了，可惜我沒有燈光來引誘牠們。飛魚生吃可真是美味呢！又嫩又細，完全不必切成小塊。現在，盡量節省一點精力也是非常重要的。天啊，我當初根本沒想到魚竟然會這麼大。」

「不過我還是會把牠宰掉，」老人說，「不管牠有多大。雖然有些不公平，但我還是要讓牠知道人的意志和能耐到底有多厲害！」

「我曾經跟曼諾林說過，我不是個普通的老頭兒。」他說，「現在就讓你瞧瞧我這老頭兒到底怎樣不尋常吧！」

儘管在多年的打魚生涯裡，老人已經透過一次又一次的事實證明自己的不凡，但那些都是過去的事了，現在他要再證明一次。他覺得每次都是嶄新的開始，每當他這樣做時，就好像回到青春歲月，渾身充滿氣力。

「要是大魚能打一會兒盹就好了，這樣我也可以睡個覺，去夢夢獅子。」他想，「為什麼如今老是夢見獅子呢？別胡思亂想了，老頭兒，就這樣輕輕靠著船舷休息，什麼也別想。趁大魚正忙碌時，你就好好養足精神吧！」

很快到了下午，小船依舊緩慢而平穩地向前行駛。此時海面上吹來一陣東風，激起一朵朵小小的浪花，老人靈巧地順著海流操縱小船，釣繩勒在背上似乎沒那麼難受了。

午後，有一次釣繩浮了上來，但大魚並沒有跟著浮上水面，而是在稍微淺一些的地方繼續游著。這時陽光直直地曬在老人的左臂和左肩上，因此，他判斷出大魚已經轉向東北方游動了。

他已經見過這條魚的模樣，所以現在完全能想像牠在水裡游動的樣子，牠兩側的紫色胸鰭張得大大的，就像雄鷹展開翅膀一般；牠那大鐮刀似的大尾巴，挺直地向上豎立著，輕靈地划動黝黑的海水。不知道牠在那樣深的海裡能看見多少東西？老人想，牠的眼睛倒是挺大的，馬的眼睛小得多，卻能看見黑暗裡的東西。「從前我也可以在黑暗中看得一清二楚，就像貓一樣，不過並不是在完全漆黑的地方。」

在和煦的陽光照射下，加上老人不斷活動手指，原本扭曲的左手此時已完全復原。因此，他開始用這隻手拽起繩子。老人聳了聳背上的肌肉，使釣繩稍稍挪開點，微微減輕肩上的疼痛。

「你要是還不感到疲累，魚啊，」他說出聲來，「那我可真是服了你啦！」

這時老人已經感到非常疲憊，天很快就要黑了，於是他竭力把自己的思緒轉移到別的事情上去。他抬頭望望天色，想到精彩的棒球，知道這時正是紐約洋基隊和底特律老虎隊進行激戰的時刻。

「聯賽已經開始兩天了，而我卻不知道比賽的結果如何。但是我對了不起的迪馬喬抱有堅定不渝的信心，即使他腳後跟長了骨刺，疼得要命，他也能讓一切都做到十全十美。骨刺是什麼玩意兒？」他問自己。「我可沒有那討厭的玩意兒。骨刺有被鬥雞腳上裝的鐵刺扎進腳後跟時那樣痛嗎？我想我可忍受不了這個，也不能像鬥雞那樣，眼睛被啄瞎還能戰鬥下去。人和一些鳥獸相比，實在算不上什麼。不過，我倒是情願做那條大魚。」

「當然，有鯊魚的時候，我就不想成為那條大魚了。」他說出聲來，「要是鯊魚來，就只能求上帝保佑牠和我了。」

一種奇怪的想法突然從老人腦海裡跳出來，他想，要是那了不起的迪馬喬來和大魚這樣耗著，能夠像自己一樣堅持到現在嗎？「我相信他可以，而且應該比我更厲害，況且他正年輕力壯，而且他父親也當過漁夫。不過，那骨刺會不會讓他痛得太厲害？」

「這我可說不上來，」老人說出聲來，「我從來沒有長過那玩意兒。」

太陽又漸漸往西邊的海平線沉下去，整個大海也陷入昏暗之中。不過，明天太陽會照常升起的，他想。此刻，茫茫大海在黃昏時隱隱浮起一片暮靄，讓老人彷彿回到年輕的時候。

那是在卡薩布蘭加的一家酒館裡，和一個大塊頭黑人比腕力的光榮戰役，是老人一生中最值得紀念的英雄時刻之一。對手是從西恩富戈斯來的大個子，號稱是整個碼頭上力氣最大的人。從星期天早上開始，一直到星期一早上結束，他們整整比了一天一夜。

整整一天一夜，他們的手肘都擱在畫在桌上的粉筆線上。他們的前臂有力地朝上伸直，兩隻手互相用力地緊握著，雙方都鼓著腮幫子竭力想將對方的手使勁壓到桌上。

這場龍爭虎鬥吸引許多人加入打賭，他們紛紛聚到酒館裡的那盞煤油燈下，坐在靠牆的高椅子上觀看倆人的較量。他一直盯著黑人的臉、胳膊、手，而黑人也緊緊盯著老人的雙眼。煤油燈把他們的影子投映在淡藍色的木板壁上，黑人的影子顯得非常大，隨著微風的吹拂，這影子不停在牆上晃來晃去，宛如傳說中張牙舞爪的巨人一般。很快地，八小時過去了，他們不得不每四小時換一個裁判，好讓裁判輪流睡覺，而他和黑人手上的指甲縫也都滲出血絲。

比賽非常激烈，整個較量的過程中，人們一會兒認為老人會贏，一會兒又把賭注押在黑人身上。人們不停把蘭姆酒送到黑人嘴邊，還替他點上香煙。每當黑人喝了蘭姆酒，就像吃藥似地拚命使出勁兒來，有一回甚至還把老人——當然，那個時候他還不是老人，而是「冠軍」桑迪亞戈——的手扳下去將近三英寸。但是老人咬了咬牙，很快又把手扳回來，恢復勢均力敵的局面。這時他已經確信自己能戰勝黑人，儘管這黑人是個很了不起的對手。

天色漸亮，打賭的人們由於上工時間已到，他們必須去碼頭幹活，把一麻袋一麻袋的糖裝上船，或是到哈瓦那煤行工作，因此眾人準備把這場較量當成平手，不過裁判卻搖頭否決了大家的提議。這時，老人使出渾身的力氣，硬是把黑人的手一點一點朝下扳，直到完全壓在桌面上，趕在大家上工前結束這場比賽。這場比賽是從禮拜天的早上開始，直到禮拜一早上才結束。

每當老人想起這事，就會對自己產生無比的信心，就像現在一樣，覺得渾身充滿力量。「來吧！大魚。」他說道。他確實有理由感到自信，因為打從戰勝黑人以來，在很長一段時間裡人人都叫他「冠軍」。第二年春天，那黑人來找他進行一場「報仇」比賽。不過，人們已經不再把賭注押在黑人身上，而「冠軍」也輕輕鬆鬆取得這場比賽的勝利，因為他在第一次比賽中就已經徹底打垮黑人的信心。

後來他又贏了幾次，但之後就不再比賽了。雖然他認為如果一心想贏，自己絕對能打敗任何人，可是這會損害他的右手影響到打魚。他也曾試著用左手參加過幾次練習賽，但他的左手比起右手來差遠了，他可不想讓左手把自己的臉丟光。

「這會兒太陽把左手烤得暖呼呼、舒舒服服的。」他想。「它總不會再抽筋了吧？除非夜裡太冷。不知道今晚又會怎麼樣呢？」

一架飛往邁阿密的飛機在他頭上飛過，巨大的影子映在海面上，成群的飛魚受到驚嚇，在海面上沒頭沒腦地飛來飛去。

「有這麼多飛魚，這裡一定有鬼頭刀。」他說著，身子往後仰，用力往回拽著繩子，希望能把大魚拉過來一點。但不論老人使出多大力氣，都沒能拉動繩子分毫。繩子依舊緊繃，上面抖動著一顆顆水珠，差不多快繃斷了。

船緩緩地前進，他緊盯著飛機，看著它消失在遠遠的天邊。坐在飛機裡的感覺一定很怪，老人心想。不曉得從那麼高的地方望下來，大海會是什麼樣子呢？要是不太高，他們一定能清楚看到這些飛魚吧？

「我倒想在六、七十公尺高的地方慢慢飛，好從空中看魚。在捕海龜的船上，我曾經爬到桅杆頂的橫桁上，在那個高度我也看過不少東西。從那裡望下去，鬼頭刀的顏色綠得更鮮明。你能清楚看到牠們身上的條紋和紫色斑點，還能瞧見整個魚群到底是怎麼游動。為什麼那些在深暗水流中游得很快的魚，都有紫色的背脊，而且通常有紫色條紋或斑點呢？就拿鬼頭刀來說，牠本來是金黃色的，但在藍藍的海水裡看起來自然會變成綠色。當牠們非常饑餓時，身子的兩側還會出現紫色條紋，就像大馬林魚一樣。這些條紋是不是因為牠們著急或使勁，才會顯露出來呢？」

天色漸漸暗下來，老人眼前出現一大片馬尾藻，在徐徐微風的吹拂下，輕輕盪漾在浪花中上下起伏著，彷彿大海正躲在一床黃毯子下，不停地扭動著身軀似的。

這時，船尾的一根釣竿重重往下沉了一下，接著，一條鬼頭刀慌亂地從水中蹦出來。牠純金色的身體在夕陽照射下，閃耀著點點美麗的光芒。這隻鬼頭刀從來沒有上鉤的經驗，因此這時牠在海面上一次又一次地胡亂蹦著，在空中拚命扭動，想擺脫被捕捉的命運。老人吃力地挪到船尾，艱難地半蹲下身子，把被大魚緊繃住的繩子纏在右臂上，同時以右手牢牢拽住釣到鬼頭刀的繩子，然後左手也緊緊抓住那根釣繩，一下一下用力把鬼頭刀拉過來。每拉一下，老人就把繩子死死地踩在腳下，再繼續拉第二下。

鬼頭刀很快就被拉到船邊。當牠拚命亂蹦亂跳時，老人探出身子，一把抓起這條滿身紫斑、金光閃閃的魚，「啪」地一下把牠甩在船尾甲板上。這重重的一下摔得牠上下齶不住掀動，梗著釣鉤的嘴侷促地開合，有力的尾巴砰砰地拍打著船板。老人從船尾的艙板下摸出棍子，照準牠亮晶晶的腦袋狠狠砸幾下，鬼頭刀顫慄了一陣子，終於靜止不動了。

老人把釣鉤從鬼頭刀嘴裡拔出來，在上面重新安上一條沙丁魚當餌，然後將釣鉤重新甩進海裡。他慢慢挪回到船頭，把左手伸入水裡洗了洗，在褲子上擦乾。接著又把那根緊繃的繩子從右手挪到左手，騰出來的右手也放進海水裡清洗。老人一邊望著太陽慢慢往海裡沉下去，同時打量那根繩子伸入水中的傾斜程度。「那條魚還是老樣子，沒有一絲停下來的意思。」他說。不過從海水在他手上拍打的情況來看，牠的速度顯然比先前慢多了。

「待會兒我得想法子把這兩支槳交叉綁在船尾，這樣就能讓牠在夜裡慢下來。」他說，「牠能熬夜，我也可以。」

老人心想，最好稍等一會再去處理那條鬼頭刀。「這樣可以讓鮮血留在魚肉裡，好給我補充力氣。我可以遲一點再做這件事，順便把槳紮起來，在水裡拖著，好讓魚沒辦法游那麼快。現在我還是什麼都不做為妙，先讓我的大魚安靜些，在日落時分別太驚動牠。要知道，太陽落山時，魚通常都會狂躁不安。」

老人把手舉在風中晾乾，用力拽住繩子，身體儘量貼伏在船板上，讓船幫自己分擔一半、甚至更多的拉力。

「我漸漸學會該怎麼對付你了。」他想。「至少到現在為止，我做得還不錯。

再說，別忘了，你從上鉤以來都沒吃過東西，而我卻已經吞下整條金槍魚。明天還要把那條鬼頭刀也吃下去，說不定在處裡時就該吃上一點兒，雖然牠比那條金槍魚難吃些。不過話說回來，世上沒有白吃的午餐。」

「你覺得怎麼樣？魚！」他大聲說道：「我倒覺得挺好的，我的左手已經不再抽筋，而且還有足夠吃上一天一夜的食物。魚啊，你儘管拖著這船吧！看誰熬得住。」

事實上，老人說這些話只是在為自己打氣，因為繩子勒在背上的疼痛幾乎超出他能忍受的極限，差不多已經麻木了，這讓他有些擔心。不過，這算不了什麼，比這更糟的事都碰過了，他想。「我雖然受傷，但只是割破一點皮肉，而且另一隻手已不再抽筋，更何況我還有兩條很管用的腿呢！再說，至少吃的方面我已經不必擔心了。」

這時太陽已經完全落到海平面以下，天色立時黑了下來。老人斜靠在船頭的木板上，抓緊時間休息著。不一會兒，獵戶座左腳位置上的那顆星在漆黑的天幕上閃爍起來。雖然老人不知道它叫什麼名字，但他知道只要一看到這顆星，在茫茫的漆黑大海上自己便不再孤獨，因為這些遙遠的星星都是他的好朋友。

「這條魚也是我的朋友，」他說，「我從沒見過或聽過這樣的魚。可惜我必須把牠弄死。不過我們用不著去弄死那些美麗的星星。」

老人想，如果有人必須每天設法去弄死月亮，那該多糟啊！月亮準會逃走的。如果有人必須每天竭力去弄死太陽，那又會怎樣呢？我們總算還是幸運的，不必去弄死月亮和太陽。

很快地，他又替這條一整天都沒吃東西的大魚難過起來，但這並沒有減弱老人殺死牠的決心。「牠能供多少人吃啊！可是這些人配吃牠嗎？不配，當然不配。這是一隻令人尊敬的魚，牠的舉止這麼從容，牠的風度如此優雅，光憑這些，就沒人有資格吃牠了。」

「我不太懂這些事兒，不過幸好我們不必費盡心思弄死太陽、月亮或星星，這已經是天大的好事了。要知道，在海上過日子，弄死那些和我們相依為命、猶如同胞手足的魚兒，就已經夠我們受的了。」

「現在，該考慮把槳綁起來，好讓魚別游那麼快的問題了。這樣做有一定的危險，但也有好處。把槳綁起來，萬一魚使勁地拉，有可能被魚拖走大量的繩子，說不定還會讓牠給跑了。不過這麼做可以消耗魚的力氣，還能讓牠速度變慢。要知道，這魚肯定能游得很快，儘管至今牠尚未使出這本領來。不管怎麼樣，我必須先把這鬼頭刀開膛剖肚，免得牠壞掉。而且我也得吃些魚肉，好補充一點精力。」

「現在我要休息一個鐘頭，等感覺大魚穩定下來，再回船尾去做這件事，還要想想接下來該怎麼做。在這段時間，我可以看看牠到底是怎樣行動的，有沒有出現什麼變化。利用槳來增加阻力是不錯的主意，不過眼前可是需要萬分仔細的時候。

雖然大魚依舊很厲害，但牠終歸只是一條魚而已。在牠浮上水面時，我看見釣鉤扎進牠的嘴裡，牠把嘴閉得緊緊的。魚啊，釣鉤的折磨算不上什麼，饑餓的折磨，加上還得應付我這個讓你摸不清底細的對手，這才是你最大的麻煩呢！趁機歇歇吧，老傢伙，讓船槳的阻力去消磨牠吧，好好歇歇，等輪到該你上場時再說。」

老人估計自己大約歇了兩個鐘頭，但休息得並不是太好。不過總比沒休息好得多啦，他想。緊繃的繩子仍狠狠勒在他肩膀上，幸好老人把左手按在船頭的舷上，將魚越來越強烈的拉力轉移到小船，不然這下可夠他受的。

「要是能把繩子拴住，我的肩膀就不會這麼疼了。不過魚只要再用力掙一下，準會把繩子扯斷。我不得不用自己的身體來緩衝繩子的拉力，隨時準備在繩子繃得太緊時，就放出一些繩子。」

「不過你一直沒睡過覺呢！老頭兒，」他叨唸著，「已經熬過半個白天和一整夜，現在又是一個白天了，你一直沒闔過眼。你可得想個辦法，趁大魚安靜時稍微睡上一會兒，要不然，你會頭腦不清的。」

「我頭腦清醒得很！太清醒啦，就和天上的星星一樣清晰，它們都是我的好兄弟。不過我還是得睡一下，星星們也要睡覺，月亮和太陽都要睡覺，就連海洋有時也會睡覺，那些平靜無波的日子就是大海在睡覺。」

「睡是一定要睡的，不過，必須先想出簡單又妥當的方法來處理好那根繩子。現在先到船尾去處理那條鬼頭刀吧！如果你要睡覺，把槳綁起來拖在水裡增加阻力可就太危險啦。」

「睡一下也行，」他對自己說，「不過這太危險了。」他費力地用雙手雙膝爬回船尾，小心翼翼地生怕驚動大魚。「說不定牠也正半睡半醒呢！我可不能讓牠緩過氣來，必須不斷消耗牠的力氣直到牠死去為止。」

回到了船尾，老人慢慢轉過身來，以左手死死拽住緊勒在肩上的繩子，用右手把刀子從鞘中拔出來。在明亮的星光下，老人清清楚楚看見那條鬼頭刀一動也不動地躺在船板上。他把刀猛一下扎進鬼頭刀的頭部，把牠從尾艙下拖了過來。他用一隻腳踏在魚身上，把刀子從鬼頭刀的肛門插進去，往魚頭的方向用力，倏的一刀就直剖到牠的下頜。接著老人放下刀，以右手掏清內臟，然後把鰓也挖乾淨。他覺得手裡的魚胃沉甸甸、滑溜溜的，就把它剖開來，發現裡面有兩條小飛魚，而且還很新鮮、結實。他把小飛魚併排在一旁，接著一揚手就把鬼頭刀的內臟和魚鰓拋了出去，這些內臟和魚鰓很快在水中拖過一道磷光，沉了下去。剖開的鬼頭刀已經冷冰冰的，這時在淡淡的星光下呈現出一種灰白的顏色，就像痲瘋病人的癩皮一樣。老人以右腳踩住魚頭，剝下鬼頭刀一側的皮，然後又把鬼頭刀翻過來，剝掉牠另一側的皮。最後，魚身兩側的肉全都割下來。

他把魚骨輕輕丟到海裡，並留心看水裡是否激起漩渦，但他只看到魚骨慢慢沉下時閃爍的點點磷光。接著他轉過身來，把兩條飛魚夾在那兩片魚肉中間，把刀子插回刀鞘，右手拿著魚肉，彎下腰用力地拽著繩子，慢慢吃力地挪動著身子，回到船頭。

回到船頭後，他把兩片鬼頭刀肉攤在船板上，把飛魚擱在旁邊。然後他把勒在肩上的繩子又挪了挪位置，左手撐在船舷上緊緊拽住繩子。接著他靠在船舷上，右手把飛魚泡進水裡洗了洗，同時留意水流衝擊在他手上的速度。水流似乎沒先前有力了。老人的手因為剝魚皮沾上點點鱗片而閃閃發光，當他的手在船板上磨擦時，星星點點的鱗片漂浮開來，慢慢往船尾漂去，很快就不見了。

「牠越來越累了，要不就正在休息。」老人說，「我得趁這機會把鬼頭刀全吃了，再打個盹兒。」

映著淡淡的星光，在越來越冷的夜色裡，老人很快吃完半片魚肉，還吃了一條已經挖去內臟、切掉腦袋的飛魚。「鬼頭刀要煮熟味道才叫鮮美咧！」他說：「生吃可就太難吃了。下次不帶點鹽或酸橙，我可絕不出海。」

「要是我會未卜先知，就弄些海水放在船頭上曬著，等海水乾就有鹽可用了。不過話說回來，我是到太陽快落山時才釣到這條鬼頭刀。不管怎麼說，終究還是要怪自己沒做好準備工作，不然這鬼頭刀也不至於這麼難吃了。不管再難吃也好，我還是把牠全部吞下去吧！」

東邊天上的雲層越積越厚了，他認識的星星也一顆顆消失不見，整個海面上一片混混沌沌。風漸漸停下來，現在老人彷彿正駛進一個漂浮著朵朵雲彩的大峽谷。

「要不了三、四天，天氣就會變壞啦！」老人說，「不過今晚和明天還不要緊。現在該是睡覺的好時候，老傢伙，趁大魚正平靜，趕快睡一會兒吧！」

老人的右手死死拽著繩子，身子緊緊靠在船頭的木板上，兩腿牢牢夾住右手。

然後，他把勒在肩上的繩子稍稍往下移，並以左手綳住。

「只要繩子綳得緊緊的，我的右手就能握住它不放，要是睡著時繩子鬆掉朝外溜，我的左手就會把我弄醒。雖然這樣右手很吃力，但它吃慣了苦，應該堅持得住。只要它能堅持二十分鐘或半個小時，哪怕是讓我小睡一會兒也不錯了。」

於是，老人往前挪了挪，把整個身體撲在繩子上，緊緊壓住死拽著繩子的右手，很快進入夢鄉。

他沒有夢見獅子，卻夢見一大群海豚，長長的一大群，足足延伸八英里或十英里那麼長。這時正是牠們交配的季節，通常牠們會高高地躍到半空中，在水裡形成一個急遽旋轉的水渦，然後又筆直掉進這個水渦裡去。

然後他夢見躺在自己的床上，冷颼颼的北風從門縫呼呼地鑽進來。真冷啊！特別是他的右臂麻木到快失去知覺——因為現在他的頭正枕在右臂上，而不是枕頭上。

老人又夢見非洲海岸那片漫漫的金色海灘，在夕陽餘暉下閃耀著點點金光。遠遠地，第一頭獅子一扭一扭來到海灘上，其他獅子也來了。老人所搭的船下了錨，停泊在岸邊。徐徐的晚風從岸上迎面吹拂過來，他把下巴擱在船頭的木板上，靜靜望著海灘，看是不是還有更多的獅子會到來。

月亮早已升起，但老人仍沉沉地睡著，他實在是太疲倦了。幸好大魚沒有突然跳起來，也沒有忽然游得很快，只是穩穩地拖著小船，在漆黑的海上緩緩前進。

瞬間，他緊攥的右拳猛地揚起來，「砰」的一下，重重撞在老人的臉上。他一下子從睡夢中驚醒過來，看見繩子正飛快從右手溜出去，整個手心火辣辣的，像是握著一塊燃燒中的炭。然而不知怎麼搞的，他的左手此刻卻不聽使喚，老人只得用右手拚命拉住繩子，但繩子還是一個勁兒地朝外溜。好不容易左手才恢復知覺，他立即用雙手死命拽住繩子，然後把身體用力朝後仰，這一來繩子勒痛了他的背脊和左手，尤其是幾乎承受全部拉力的左手，被勒得痛極了。他吃力地回頭望望那些繩子捲，它們正往外滑溜著。

就在此刻，大魚突然衝出海面，大海一時像迸裂似的，水花四濺，然後牠又重重地掉下去。而後牠一次又一次地躍著，船快速地前進。繩子依舊飛似地向外溜，老人緊緊地拉著，每次都拉到幾乎快把繩子綳斷的程度，而他自己也被扯到船頭，臉貼在那片切下的鬼頭刀肉上，動彈不得。

「該來的終究還是來了，現在就拿出我的智慧和勇氣吧！你將為拉走繩子而付出代價的，魚啊，你一定會付出代價。」

老人的臉緊緊伏在鬼頭刀肉上，因此他看不見大魚在海面上活蹦亂跳的模樣，只聽見牠躍出海面時海水迸裂的聲音，還有魚掉下來的水花飛濺聲。繩子仍然飛快往外溜去，老人兩手都被勒傷了，痛得非常厲害，幸好他對此有先見之明，儘量設法讓繩子勒在手掌的老繭上，免得弄傷掌心或手指頭。

「要是曼諾林那孩子在，他可以用水打濕這些繩捲，幫我省點力氣。是啊，要是曼諾林在……」

繩子一刻不停地往外溜走，溜著、溜著，不過卻越來越慢了，老人正讓那條魚為拖走每一寸繩子而付出代價。現在他終於可以從船板上抬起頭來，不必繼續貼在那片被他臉頰壓爛的魚肉上了。他把身子吃力地挪回到原來的地方，慢慢用腳試探那一捲捲他看不見的繩子。「繩子還夠長，夠對付這條魚的。」

「是啊，幸好這時牠已經躍起十多次，背脊的魚鰾已裝滿空氣，再也無法沉到深海去了。否則，我可無法將牠的屍體從深深的海底給弄上來呢！」

「過不了多久，牠就會開始轉圈子，那就是我想辦法對付牠的好時機。不知道是什麼讓牠這樣亂蹦亂跳，也許是饑餓使牠發瘋，還是被什麼東西嚇著了？還是牠突然感到害怕？不過牠一直都是那樣健壯冷靜，似乎毫無畏懼，這可真讓人感到奇怪。」

「你自己最好也毫無畏懼，老傢伙。」他說，「大魚又在你的掌握之中，雖然你無法收回繩子，但牠很快就會浮上水面了。」

那些鬼頭刀肉黏在老人臉上，讓他覺得很不舒服，而且他生怕這些爛肉會使自己感到噁心，弄得他嘔吐而渾身無力。因此，老人以左手和肩膀拽住繩子，慢慢彎下身子伸出右手舀水，洗掉黏在臉上的鬼頭刀肉。把臉擦乾淨後，老人又把右手放進水裡洗一洗，然後就讓手一直泡在海水裡，抬頭注視著日出時的第一縷曙光。

「這魚差不多是往正東方游，」他想，「這表示牠已經累了，只能隨著潮流游動。牠馬上就要開始轉圈子，那時我們的較量才真正開始呢！」

等老人覺得右手在水裡泡得差不多了，就把手縮回來，並仔細看一看。

「沒什麼大不了的！」他說，「皮肉之傷對一個男子漢來說，算不了什麼。」

他小心地攥著繩子，使它不至於勒到任何一道傷痕。同時，他把身子慢慢挪到小船的另一邊，好讓自己能把左手也伸進海裡。

「對你這沒用的東西來說，總算幹得還不壞，」他對自己的左手說，「可是剛才有一會兒，我並沒有得到你的幫助。」

「為什麼我沒有兩隻好手呢？也許是我自己沒有好好訓練左手吧！可是要知道，它一直都有很多學習機會的啊！雖然它抽了一次筋，但今天夜裡總算表現得還不錯。不過要是它再抽筋，就讓這繩子把它勒斷算了。」

想到這裡，老人開始覺得自己的頭腦有些不清醒，因此他認為應該再吃一點鬼頭刀肉。「可是我做不到，」他對自己說，「我寧可餓得頭昏目眩，也不想因為吃了鬼頭刀肉而噁心欲吐弄得渾身無力。我把牠留下只是為了以防萬一，等實在是餓到不行時，再來吃牠吧！我真蠢，不是還有一條飛魚嗎？」

飛魚就在那兒，已經清洗乾淨等著。老人以左手撿起飛魚，放進嘴裡細細地咀嚼起來。

「飛魚幾乎比任何魚都更營養，」他想，「至少能給我補充所需要的力氣。現在我已經做好應付一切的準備，就讓大魚打起轉來，開始我們的決鬥吧！」

太陽再一次升起，這是自他出海以來的第三次，而大魚也開始打轉了。

剛開始，老人還無法根據繩子的傾斜程度看出魚在轉圈，只是感覺繩子的拉力微微減少一些，便以右手慢而有力地一下一下拉拽起來，繩子很快又像剛才那樣繃緊。可是當他拉到快綳斷時，繩子卻漸漸開始鬆動了。他把繩子從肩膀和頭上卸下來，開始平穩而緩慢地往回收繩子。他的雙手交替著一把把地拉，兩條老邁的腿和肩膀跟著不斷左右轉動，儘量使出全身和雙腿的力氣來抵抗巨大的拉力。

「牠轉的圈子可真大啊！」他說。「牠總算在轉圈啦。」

然後，繩子又開始拉不動了。老人緊緊拽著繩子，看見點點水珠從繩子上迸出來，在陽光下閃閃發亮。緊接著，繩子突然又往外溜去，老人急忙跪下來，利用整個身體的力量去對抗繩子傳來的巨大拉力，但繩子還是漸漸再次沒入深暗的海裡。

「牠正繞到圓圈的最遠端。」他說。「我一定要拚命拉住、扯緊，讓牠轉的圈子一次比一次小。也許不到一個鐘頭我就能見到牠了，現在一定得穩住，然後才好殺死牠。」

大魚一直不停慢慢轉著圈子，大約過了兩個鐘頭，老人渾身上下已被汗水濕透，彷彿骨頭都快散了。幸好此刻大魚轉的圈子小得多，而且根據繩子的傾斜程度，老人斷定大魚正一邊轉著圈子，一邊不斷往上浮起。

又過了一個鐘頭，老人感到眼前一陣陣發黑，鹹鹹的汗水流進他的眼睛，漬得他眼睛一陣疼痛。不過，這時他正緊緊拽著繩子，因此兩眼發黑也不奇怪，何況他已經在海上捱了好幾天。不過有兩回感到頭昏目眩，這倒很讓他擔心。

「我可不想垮掉，我不希望就這樣死在一條魚的手裡。」他說，「現在我已經是騎虎難下了，老天，你可得幫助我堅持下去。為了表示虔誠，我會唸一百遍《天主經》和一百遍《聖母經》，不過眼前還不能唸。」

「就當我已經唸過了吧！」他想，「以後我會補唸的。」

就在此時，一陣急遽而猛烈、沉重且強勁的拉扯，突然從他雙手攥住的繩子上傳了過來，差點把繩子從他手中扯掉。

「牠正用利嘴撕咬著鐵絲導線呢。」他想，「這是意料中的事，是牠慣用的技倆。說不定牠還會跳起來。眼下我可不願意讓牠亂蹦亂跳，因為牠每跳一次，就會使釣鉤造成的傷口裂開一些，最後牠可能就會把釣鉤掙掉。」

「別跳啊，我的大魚。」他說，「千萬別再亂蹦亂跳啦。」

水花不住地翻滾著，大魚又撕咬鐵絲導線好幾次，牠的腦袋猛烈地左右擺動著，每擺一次，老人就稍微放鬆一些繩子。

「我可以忍受疼痛，但我必須不斷向牠施加壓力，讓牠疼痛不止，讓牠在疼痛中發瘋、死掉。」

過了一會兒，大魚不再撕咬鐵絲，又開始慢慢轉起圈來。這時老人正不停地往回收起繩子。突然，他微微晃了一晃，感到一陣暈眩傳來，於是他立即用左手舀了些涼涼的海水，淋在自己的腦袋和頸子上，慢慢按摩著。

「我沒抽筋。」他說，「牠馬上就會冒出水面來，我還熬得住，我也非熬住不可。」

他靠著船頭吃力地跪下來，暫時又把繩子勒在背上。他決定趁大魚朝外轉圈子時先歇一會兒，等魚轉回來再站起身來對付牠。

他在船頭歇著，讓魚自顧自地轉了一個圈子。不一會兒緊繃的繩子開始鬆弛下來，老人知道大魚已經轉身朝小船游回來了，他趕忙站起身來，繼續左右轉動交替著用力收回繩子。

「我從沒這麼累過。還好，我期盼已久的信風終於刮起，正好可以利用風力來將魚拖回去。」

「等牠下次往外轉圈時，我要再歇一下。」他說，「我覺得好多了。等牠再轉上兩三圈，我就能收拾牠了。」

老人把草帽推到後腦勺上去，等大魚轉身往外游去時，他立即隨著繩子的扯動，順勢在船頭一屁股坐下來。

「你慢慢兜圈子吧！魚啊，到時我會叫你好看的。」

微風徐徐吹拂起來，海浪也漸漸大了，正好可以幫助老人順利返航回家。

「我只要找到西南方向就行了。」他說，「一個人在海上是絕不會迷路的，何況古巴島這麼大，怎樣也能回得去。」

當魚轉到第三圈時，老人終於看見牠了！那是個黑呼呼的影子，此刻正慢悠悠地從船下穿過。真大啊，牠費了好長的時間才完全游過船底，老人簡直不敢相信魚竟有這麼長。

「不會吧？」他說，「牠不會有這麼大吧！」

但魚確實有這麼大。當這一圈游完時，魚在離船大約三十碼的地方冒出水來。

老人一下子就看見牠那具有淡淡淺紫色的尾巴，直直地豎立在深藍色的海面上，比一把大鐮刀的刀刃還要高，在水面上不住地搖擺著。當魚緊貼水面游過時，老人清楚看見牠龐大的身軀和周身一條條的紫色花紋，朝下耷拉著的背鰭，以及左右張開的巨大胸鰭。

在此同時，老人還瞧見有兩條灰色的印魚正圍繞著大魚游動。牠們每條都有三英尺長，有時依附在大魚身上，或是倏地游開，偶爾也會在大魚的陰影中自在地游著。當牠們快速游動時，長長的身子就像鰻魚般急遽扭動起來。

火辣辣的太陽和心中的興奮緊張，使老人現在渾身冒汗。每當大魚慢悠悠地轉回來，就立即收回一些繩子，當牠向外游去時，又稍稍鬆開一些繩子，始終把大魚掌握在手中。他確信只要大魚再轉上兩圈，就有機會用魚叉扎中牠了。

「不過我得先把牠拉近一些，再近一些，我得瞄準了，對準牠的心臟一擊奏效。」

「要沉著，要有力，老頭兒。」他對自己說。

又轉一圈後，魚的背脊露出水面，不過牠離小船還是太遠了點。再轉一圈，還是太遠，只不過露在水面上的背脊更高了些，但老人深信，只要再拉回一些繩子，就可以把魚拉到船邊來。

魚叉早就準備好，而綁在魚叉上的細繩也擱在圓筐裡，另一端緊緊拴在船頭的繫纜柱上。

這時大魚正穩穩地轉了一圈回來，美麗的大尾巴輕輕擺動著，顯得如此安靜而優雅。老人咬牙拽著繩子，竭盡全力想把魚拉近些，魚的身子稍稍一歪，不過立即又穩住，並繼續轉著圈子。

「我拉動牠了，」老人說，「我剛才拉動牠了！」

這會兒他又感到一陣暈眩，但仍然竭盡全力拽住大魚。「我把牠拉動了，」他想，「說不定再一下我就能把牠拉過來。用力吧，手啊，站穩了，腿啊，一定要堅持住，別暈了，腦袋啊，一定要堅持住，你可從沒垮掉過。這一次我一定要把牠拉過來。」

也許老人太心急，還沒等魚游近就使出全力去拉，結果魚被拉得身子微微一側，卻又立即恢復原狀，游了開去。

「魚啊，」老人說，「魚，反正你是死定了，難道非把我也拖下水嗎？」

這樣下去可不行，老人心想。他喉嚨像著火似，乾到連話也說不出來，但此刻他卻無法伸手去拿水來喝。「這次我一定要把牠拉到船邊來，牠再多轉幾圈，我恐怕就支持不住了。不！你可以，你一定行的。」

接下來的一圈，老人差點把魚拉過來，可是魚又豎直身子，慢慢游開。

「你要害死我啦，魚啊！不過你有權利這麼做。我從沒見過比你更大、更美、更高貴的東西，小老弟。來，要了我的命吧。看看到底誰會要了誰的命！」

「你腦袋怎麼糊塗啦！你一定得保持頭腦清醒，保持頭腦清醒，要像個男子漢一樣，懂得如何忍受痛苦，怎樣在困境中堅持下去。看看那條魚吧，牠都堅持了這麼久。」

「清醒過來吧！腦袋。」他的聲音是這樣的沙啞，簡直連自己都快聽不見，「清醒過來吧！」

這時，魚又轉了兩圈，卻還是一副從容優雅的模樣。

「我不知道到底會怎樣，」老人想，「我不知道到底會怎樣，不過，我還要再試牠一下，儘管雙手已經軟弱無力。」

老人忍住一切痛楚，拚出剩餘的力氣和所剩無幾的豪情，與瘋狂掙扎的大魚展開最後的較量，終於艱難地將魚拖了過來。魚在船邊馴服地游著，牠的嘴幾乎碰著船板，在又長又寬又高的銀色身體上，那一條條美麗的長長紫色條紋，在水波激蕩下，看起來彷彿沒有盡頭。

魚側身對著老人，牠的胸鰭高高豎立著，像一把展開的扇子展現在老人眼前。他扔下繩子用腳踩住，把魚叉盡可能地舉高，用盡全身力氣，往大胸鰭後面一點的地方扎了進去，接著馬上又把身體往叉柄壓下去，竭力全身的重量讓叉子刺得更深一些。

大魚猛烈地掙扎起來，儘管牠就要死了，卻仍然高高地躍出水面。剎那間，整個世界彷彿凝固似的，大魚就這樣靜靜懸在老人頭頂的上空，那驚人的長度和寬度，以及力量和美麗，全都呈現在老人面前。然後，牠砰然落進水中，浪花四散飛濺，濺滿老人一身，濺滿整個小船。

一陣頭暈、噁心的感覺，讓老人雙眼開始模糊起來。他咬牙忍著，抽出魚叉上的繩子，緩緩用皮開肉綻的手把魚捋一遍。過了好一會兒，老人的眼睛才又能看清東西。這時他見到大魚銀色的肚皮朝上翻，正仰天浮在海面上，隨著波浪起伏輕輕搖晃著，魚叉正戳在大魚的前胸上，長長的柄從魚側身斜伸出來，紅色鮮血正汩汩地從牠的心臟淌進海裡，把周圍的海水都染紅了。

老人用那雙還有些模糊不清的眼睛仔細看看四周，接著把魚叉上的繩子在船頭的繫纜柱上繞兩圈，然後把腦袋埋在雙手掌心裡。

「讓我的頭腦保持清醒吧！」他伏在船頭的木板上說，「我累壞了。我終於殺死這條魚，牠是我的好兄弟，現在我還有很多辛苦的活兒得去幹呢！」

「首先我要弄好繩圈和繩子，好把大魚綁在船邊。要是我們多來幾個人，雖然可以把魚拉上船，但這條小船肯定會被牠壓沉。因此我得做好一切準備，把牠拖到船邊仔細綁好，然後就可以豎起桅杆張起帆，隨風慢慢駛回去。」

老人立即動手把魚拖到船邊，打算用一根繩子穿過魚鰓，把牠的腦袋牢牢綁在船頭旁。

「我很想看看牠，」老人想，「碰碰牠，摸摸牠。牠是我的了，不過我倒不是為了這個原因才想摸牠。我想，在我第二次握著魚叉扎進去時，就已經摸到牠的心臟了。好啦，現在得用一根繩子拴住牠的尾巴，再用另一根拴住牠的腰部，把牠牢牢綁在小船上。」

「動手幹活吧！老頭兒。」他稍微喝了很小一口水，說道，「戰鬥雖然結束了，但還有一大堆辛苦的活兒等著幹呢！」

老人看看仍然浮在船邊的魚，又抬頭望望天空，他仔細看著太陽，想著剛剛才過中午，信風已經刮起來，回去可就省力多啦。「現在這些釣繩都無法使用了，不過回家以後，曼諾林會幫我把它們重新接起來。」

「過來吧！大魚。」老人說。可是魚並沒有過來，而是浮在海面上不停翻滾，老人只好把小船慢慢靠過去。

小船逐漸靠近大魚，老人把船頭貼近魚頭，這是他第一次如此仔細打量這條魚。牠可真大啊，大到簡直無法讓他相信。老人從繫纜柱解下魚叉柄上的繩子，並往魚鰓穿進去，又從嘴巴拉出來，在牠長劍般的上顎繞兩圈，然後又穿過另一邊的魚鰓，同樣在魚嘴繞一圈，最後把這兩股繩子挽了個結，牢牢綁在船頭的繫纜柱上。

老人割下一截繩子，走到船尾去拴住魚尾巴。這時魚已經從原來的紫中帶銀變成純銀色，只有條紋和尾巴仍帶有淡淡的紫色。這些條紋很寬，比一個人張開五指時還寬。魚的眼睛看起來毫無生氣，就像遊行隊伍中的聖徒像，木然且冷漠。

「只有利用剛才的方法才能殺死牠。」老人說。一大口水下肚後，他覺得嗓子似乎清爽許多，感覺好過些，他知道自己是不會垮的，頭也沒有剛才暈眩了。看樣子大魚應該超過一千五百磅重，他想，也許還要重得多。去掉頭尾和內臟後，能切出三分之二的肉來，照三角錢一磅來計算，可以賣到多少錢呢？

「這可是一個複雜的問題，我想我需要一支鉛筆來計算，」他說，「而且我的頭腦還不夠清醒。不過，我想了不起的迪馬喬今天也會替我感到驕傲。雖然我沒有長骨刺，但雙手和背脊可是痛得厲害啊！」不知道骨刺到底是什麼玩意兒，他想。說不定我們都有長，只是自己不知道罷了。

老人把魚牢牢綁在船頭、船尾和中央的座板上。牠可真大啊，簡直像在船邊綁上另一條更大的船。他割下一段繩子，把魚的上下頷緊緊紮在一起，免得牠在航行中張開嘴，給回航帶來麻煩。他豎起桅杆，張起滿是補丁的帆。等小船在信風吹拂下開始往西南方駛去，老人半躺在船尾的艙板上歇息。

根本用不著羅盤，他只憑信風吹在身上的感覺，看看帆的飄動方向，就能知道西南方在哪裡。「那些沙丁魚都腐爛了，我還是放一根掛著假釣餌的小釣繩到水裡，看能釣些什麼東西來吃吧。」可是他找不到假釣餌，只得趁經過一大片墨西哥馬尾藻的漂浮海域時，用魚鉤鉤上一簇黃色的馬尾藻，把鑽在裡面的小蝦抖落在船板上。他差不多抖出十多隻小蝦，這些小蝦像沙蚤般四處亂蹦。老人用拇指和食指掐去牠們的頭，把牠們連殼帶尾放進嘴裡嚼爛吃下去。這些小蝦雖然很小，卻富有營養價值，而且味道也不錯。

老人的瓶裡還有兩口水，吃完小蝦，他又喝了半口水。雖然拖著一條沉重的大魚，不過小船總算是行駛得比較順利了。

老人把舵柄夾在腋下，平穩地駕著小船。曾經有一會兒，就在他感到實在難以忍受的那一刻，他覺得這一切彷彿像是一場夢。不過，只要他瞧瞧那條魚，再瞧瞧自己皮開肉綻的雙手，並感覺到背脊上火辣辣的疼痛，就立即明白這一切都是實實在在發生過的事，而不是虛無縹緲的夢境。事實上，到現在為止，他都覺得剛才所發生的一切是如此不可思議，教他簡直難以相信。特別是當他看到大魚躍出水面，落下前一動也不動懸在半空中的那一剎那，更讓他相信冥冥中有某種神祕的力量。

剛才老人雙眼有些模糊不清，不過現在他又能像往常一樣看得一清二楚了。現在他知道魚就綁在船邊，雙手和背脊不時傳來陣陣鑽心的刺痛，一切都提醒著他，這絕不是一場夢。這雙手很快就會痊癒的，老人想。「我讓它們把髒血都流乾淨了，海水很快就會把它們治好。這個海灣中黑沉沉的海水，是世界上最神奇的靈丹妙藥。這兩隻手已經做了它們該做的，我們的航行也非常順利，眼下最重要的只有保持頭腦清醒。大魚緊緊閉著嘴，尾巴筆直地豎著，隨浪花一盪一盪，就像親兄弟般陪伴我在茫茫大海上航行。」

這會兒老人的頭腦又開始有點迷糊，他想：「到底是牠帶我回家，還是我帶牠回家呢？如果牠被我拖在船後，或是被我徹底俘虜，當成戰利品弄上船，那當然是我帶著牠回家。可是眼前我們是併排拴在一起航行，所以只要牠高興，就算是牠帶著我回家吧！誰教我耍了點花招才把牠制住，而牠卻對我毫無半點惡意呢！」

小船平穩向前行駛，一切是如此順利，老人把手浸在海水裡，努力保持頭腦清醒。他抬頭看看天色，積雲正高高堆在天上，在更高的地方還有許多的捲雲。「嗯，這風還會刮上整整一夜。」老人自言自語，還不時掉頭望著那條魚，以確定這一切都是真的。就這樣過了大約一個小時後，老人平靜的旅途終於被鯊魚打破。

這條鯊魚來得並不偶然。當大魚流出一大片暗紅鮮血，朝一英里深的海底慢慢下沉並四處擴散時，鯊魚就從水底深處躥了上來。牠躥得那麼快，全然無所顧忌，一下子就衝破藍色的水面，出現在陽光底下。然後牠又潛回海裡，嗅著血的腥味，一路順著小船和大魚經過的路線緊追過來。

這是一條很大的灰鯖鯊，整個身子勻稱結實，是海裡游得最快的魚類之一。除了那張血盆大口之外，牠渾身上下都是如此光滑漂亮，弧形的脊背藍幽幽的，就像晴朗的天空一樣，而牠的肚子卻是一片亮晶晶的銀白色。牠的身體有點像箭魚，只是腦袋不一樣，而且箭魚的嘴沒有這麼大。此刻這張大嘴正緊緊閉著，八排牙齒全部向內彎，不像大多數的鯊魚般呈角錐形，而是像動物的爪子般，此外每顆牙齒差不多都有老人的手指那麼長，兩側如剃刀般鋒利的刃口。這是天生靠吃海魚為生的鯊魚，牠們游得飛快，壯健又具有鋒利的牙齒，因而成為海上的無敵霸王。牠在水面下循著血腥味前進，有時牠也會失去血腥味的蹤跡，不過牠總是立即又再次嗅到，哪怕只嗅到那麼一丁點兒，也能使勁飛快地跟上。現在牠就聞到新鮮的血腥氣，正加快速度朝老人游來，高聳的背鰭像刀子般穩穩地劃破水面。

老人一看到高速劃過海面的背鰭，立即知道這是條無所畏懼、為所欲為的鯊魚。他一邊緊緊盯著鯊魚的游動，同時為魚叉接上繩子，因為他剛才為了綁魚而割去一截，現在不得不重新接上。

老人此刻頭腦清醒，而且充滿決心，但他對戰勝鯊魚並不抱多少指望。他緊緊盯著步步逼近的鯊魚，一邊抽空朝那條大魚望了一眼。如果這是一場夢，可能還好些，他想。「我無法阻止你來襲擊我，但沒準我也可能弄死你。臭鯊魚，你他媽的該倒楣啦！」

鯊魚飛速向小船襲來，張開血盆大口往大魚咬去，一下就咬住大魚尾巴上面一點的地方。老人清楚看到鯊魚那雙冷冰冰的眼睛，聽到鯊魚牙齒咬出嘎吱嘎吱的聲響。這時，鯊魚的頭完全露在水面上，而寬大的背部也正漸漸冒出水面。老人又聽見大魚皮肉被撕裂的聲音，他明知實力懸殊，卻仍充滿決心，使出全身的力氣，用傷痕累累的雙手把魚叉猛地向下直扎進鯊魚腦袋，正好扎在牠兩眼連線與腦椎交叉處，這兒正是牠腦子的所在位置。

遭到重創的鯊魚在海面上不停掙扎，牠的眼睛裡幾乎沒了生氣，跟著又翻個身，繩子在牠身上纏繞兩圈。老人知道這隻鯊魚就快死了，但牠還在做無謂的垂死掙扎，肚皮朝天，尾巴胡亂撲打著，牙齒咬得嘎吱作響，像一艘快艇般猛然劃破水面往前竄去。牠的尾巴拍打翻起一片血浪，四分之三的身體都露在水面上，把纏在身上的繩子繃得緊緊的，猛地抖了起來，接著「啪」一下把繩子繃斷了。隨後，鯊魚在水面上靜靜躺一會兒，就在老人緊緊的注視下，慢慢沉了下去。

「牠吃掉大約四十磅的魚肉。」老人心疼地說，「還把我的魚叉也帶走了，還有那麼多繩子，現在我這條魚又在淌血，一定會吸引其他鯊魚過來。」

大魚已經被鯊魚咬得殘缺不全，老人不忍心再朝牠看上一眼。他感到很難過，當鯊魚咬在大魚身上時，簡直就像是自己被狠狠咬一口。

「不過我總算殺死這條鯊魚了，而且還是我見過最大的一條，儘管我見過不少其他的大魚。」

「唉，現在我倒寧願這是一場夢，我壓根兒就沒釣到這條魚，而是一直舒舒服服地躺在鋪滿舊報紙的床上。」

「不過人不是為失敗而生的，」他說，「一個人可以被摧毀，卻不能被打敗。不過我還是為殺死這條大馬林魚而有些難過。現在倒楣的時刻就要來了，可我連支魚叉也沒有。那條鯊魚是殘忍、能幹、強壯而聰明的，但我比牠更聰明，不過也許不是這樣，或許我只是擁有比牠更強的武器吧！」

「別想啦，老傢伙，」他大聲地說，「管他呢，繼續前進吧，船到橋頭自然直。」

「可是我非想不可，眼前我除了想這些還能幹什麼呢？對了，我還可以想想親愛的棒球。不知道了不起的迪馬喬聽到我這樣刺中鯊魚的腦袋，會怎麼想呢？雖然這不是什麼了不起的事，任何人都做得到。不過，難道你不覺得我這雙受傷的手，和你的骨刺一樣是很大的毛病嗎？我無法知道，因為我的腳後跟從沒出過毛病，除了那次游水踩到刺鰩魚被牠扎了一下，弄得我整個小腿麻痺，痛得真受不了。」

「往好的地方想想吧！老傢伙，」他說，「每過一分鐘，你就離家更近一步了。難道你不覺得丟了四十磅魚肉，讓你航行起來更輕快嗎？」其實他非常清楚，等自己駛進海流中部時，會有什麼在等著他，然而此刻他卻一點辦法也沒有。

「不，辦法總會有的，」他大聲說道，「把刀綁在一支槳的把子上不就行了嘛！」

於是他把舵柄牢牢夾在腋下，一隻腳踩住帆腳索，騰出雙手來將刀子綁在槳把上。

「行了，」他說，「雖然我依然是那個老頭兒，卻已經不是手無寸鐵了。」

信風呼呼地刮著，比剛才強勁了些。老人平穩地航行著，他現在不去看大魚殘缺不全的下半身，而勇氣和信心也正在逐漸恢復。

「沒了信心和勇氣那才叫糟糕呢！再說，我認為這是一樁罪過。別去想什麼罪過了，難道你嫌麻煩還不夠多嗎？更何況我對罪過什麼的可說是一竅不通。」

「我根本不懂什麼是罪過，而且說不準我也不是真的相信這些。或許殺死這條魚是一樁罪過。我想是的，儘管我是為了養活自己，為了把牠帶給許多人吃才殺死牠。不過話說回來，要是這樣，那不管什麼事都是罪過了。別再想什麼罪過，現在想這些實在也太遲了，而且真正犯下罪過的人可多了，就讓那些人去想吧！你天生就是個漁夫，正如那條大魚天生就是一條魚一樣。」

可是他老喜歡去想那些和自己無關的事，加上出海沒有書報可看，又沒有什麼收音機，所以老人只能不斷胡思亂想，總愛想些什麼罪過的問題。

「你不光是為了養活自己、把魚賣給大家吃才殺死牠，殺死牠是你應該做的，誰叫你是漁夫呢！牠活著時你愛牠，牠死了你還是愛牠。既然愛牠，那麼殺死牠也就不是什麼罪過。不過，也許這就是罪過吧！」

「你想太多了，老傢伙。」他說。

「但是當你殺死那條可惡的鯊魚時，不是感到很快意嗎？然而這條大魚，牠既不吃腐爛的東西，也不像某些鯊魚只是個吞食的饑餓機器。牠是如此美麗高貴，而且天不怕、地不怕。」

「我殺死牠只是為了自衛，」老人說，「而且乾淨俐落。」

「再說，每個生物或多或少都在殺死別的生物，只是方式不同罷了。我捕獲的魚養活了我，但捕魚的過程同樣也在殺死我。是曼諾林在養活我呢！我不得不承認這點。」

老人把身子探出船舷，伸手從大魚身上被鯊魚咬過的地方撕一塊肉下來，放進嘴裡咀嚼著。他覺得肉質很好，味道鮮美，結實又多汁，有點像牛肉，不過卻不發紅，他明白這肉在市場上能賣到最好的價錢。然而他卻無法阻止大魚的氣味散布到水中，老人知道糟糕透頂的時刻就快到了。

風持續吹著，不過已稍微轉向東北方，他明白這風一時半刻還不會停息。老人往前方望去，茫茫海面上看不見一絲帆影，也見不到任何輪船的船身或冒出來的黑煙，甚至連一隻飛鳥也不見蹤影，只有飛魚不時從船頭下高高躍起，向兩邊火速竄去。還有一簇簇黃色的馬尾藻，胡亂地漂浮在海面。

老人已經在無邊的大海上航行約兩個鐘頭，這時他正靠在船舷上歇著，不時從大魚身上撕一點肉來咀嚼，以補充自己的體力。突然間，他看到一個尖尖的、冒出水面的鯊魚背鰭，朝向小船飛速而來。

「啊！」老人就像雙手被釘子穿過、釘進木頭一般，不由自主地叫了出來。

「犁頭鯊!!」老人大聲地說。這時他又看見另一片背鰭從第一片的後面冒出水來，根據這褐色的三角形背鰭和左搖右擺的尾巴，他認出那正是犁頭鯊。

這是兩條餓昏頭的犁頭鯊，此刻牠們正因為嗅到血腥味而興奮不已，不停在水裡游來蕩去，甚至一度激動到迷失了血腥味，不過很快牠們又嗅到氣味。不管怎樣，牠們始終朝老人和他的大魚步步逼近。

老人把帆緊緊拴好，牢牢卡住舵柄，然後一把抄起上面綁著刀子的木槳，緊盯住越來越近的鯊魚。由於那雙傷痕累累的手幾乎已經痛到不聽使喚，因此他只得盡量把槳舉高，一邊讓手輕輕地握緊、放鬆，再握緊、放鬆，希望此刻雙手能忍住疼痛，而不至於痛得縮回來。

這時老人已清楚看見鯊魚又寬又扁的頭，就像犁頭般在水裡扭動，還有寬闊的胸鰭，尖尖的、白白的。犁頭鯊是一種可惡又兇殘的鯊魚，渾身散發著難聞的氣味，既獵食其他活魚，也吃腐爛的死魚，有時還會趁海龜浮在水面睡覺時，一口咬掉牠們的腳。當犁頭鯊饑餓時甚至會攻擊人，即使人身上並沒有血腥味。要是餓到極點，說不定連船槳和船舵都要咬上兩口呢！

「嘿，」老人大喊，「犁頭鯊，來吧！犁頭鯊。」

牠們終於來了，但牠們比先前那條灰鯖鯊狡猾多了。一條犁頭鯊掉頭鑽進小船底下，在那裡瘋狂撕咬著可憐的大魚，連整艘小船都不禁微微地晃動起來。另一條犁頭鯊則用牠瞇成一條縫似的黃眼睛惡狠狠盯著老人，然後飛快撲過來，大張著半圓形的上下顎，往大魚身上被咬過的地方咬去。很快地，褐色頭頂和整個背部都冒出水面，犁頭鯊的頭部和脊椎交會處清楚呈現在老人面前，老人立即使勁將刀槳插進去，再拔出來，又插進貓眼似的黃眼睛。鯊魚慢慢從大魚身邊滑落，在斷氣前還把咬到嘴裡的那塊魚肉吞了下去。

另一條鯊魚仍在船底瘋狂撕咬著大魚，震得小船不斷抖動。老人鬆開帆，讓風改變船向，使那條躲在船底的鯊魚暴露在眼前，老人立即從船邊探出身子用力向牠扎過去。但這次他並沒有扎準地方，而是扎到鯊魚硬梆梆的皮肉，結果震得自己雙手和肩膀一陣疼痛。

很快鯊魚又撲上來，整個腦袋都露出海面，還把鼻子貼在大魚身上。老人趁機舉起船槳，猛地扎中鯊魚扁扁的腦袋正中央。老人把刀子拔出來再插了進去。見鯊魚仍死不鬆口，老人又刺中牠的左眼，但鯊魚依舊是緊咬住大馬林魚。

「還不鬆口，當真找死啊？」老人大喊，一邊將刀子從鯊魚腦袋和脊椎之間扎了進去，輕而易舉地切斷牠的軟骨，然後又掉過槳來，用刀子去撬鯊魚的嘴。老人把刀子插進去用力絞了幾下，鯊魚才終於慢慢從大魚身上滑落下來。「滾吧！犁頭鯊，滾回你的老家去，去見你的朋友。」老人叫著。

老人把刀子擦拭乾淨，擱好槳，繫好帆腳索，把帆張起來讓它吃滿風，平穩地駕著船兒繼續前進。

「這些可惡的鯊魚，一定把我這條大魚身上最好的肉咬掉四分之一。」老人喃喃自語：「我現在倒希望這是一場夢，我根本沒釣到你，魚啊，我覺得太對不起你了，都怪這些鯊魚，把一切搞砸了。」

他說不下去了，也不忍心再去瞧那條大魚的慘狀。大魚此刻已流盡最後一滴血，在海浪不斷的拍打下，看起來就像鏡子的銀色背面，不過身上的條紋仍清晰可辨。

「魚啊！要是我沒出遠海就好了，你我都不用受這麼多苦。」他說，「魚啊！真是太對不起你了。」

「好了，老頭兒，別廢話了。瞧瞧那綁著刀子的船槳還能用嗎？那傷痕累累的雙手還堅持得下去嗎？現在還不到鬆口氣的時候。」

「要是能磨磨刀就好了，」老人看著綁在槳上那把鈍到不成樣的刀說，「我怎麼沒想到要帶塊磨刀石來呢？」

「是啊，你怎麼不多帶些有用的工具來，老傢伙。不過現在後悔已經晚了，你最好先看看現在有什麼可以湊合著用吧！」

「你的意見還真多，」他叫出聲來，「我聽都聽煩了！」

老人把舵柄緊緊夾在腋下，一邊平穩地駕著小船，一邊把受傷的雙手浸在海水裡，讓輕柔的海波吮吸著火辣辣的傷口。

「天知道最後那條鯊魚到底咬掉多少魚肉，」老人說，「不過也好，現在大魚可比之前輕多了。」他竭力讓自己不再去想那條被咬得面目全非的大魚。他知道剛才那些鯊魚已經撕掉大部分的魚肉，而且掉在水裡的殘渣還給其他鯊魚留下追蹤的線索，讓牠們可以輕輕鬆鬆就追上來。

「本來這條魚可以讓我整整一個冬天都不愁溫飽的啊，太可惡了！唉，別想這些了，現在最好趕緊養精蓄銳，好好讓雙手恢復氣力吧！不然，可能連剩下這點魚都保不住。水裡已經有太多血腥味，我也不必再顧忌什麼了，就讓手好好浸在水裡。其實這也不算什麼傷，流點血還可避免左手再次抽筋。」

「我現在只能什麼都不想，而且也沒什麼好想的，就聽天由命吧！如果這是一場夢就好了，不過，說不定我和大魚都會沒事呢！」

就在此時，一條犁頭鯊兇猛地撲了過來。牠是如此來勢洶洶，彷彿餓虎撲食般，大大張開血盆大口，幾乎一口就能吞下人的腦袋。這次老人並沒有阻攔牠，而是等牠一口咬在大魚時才瞄準了，用力把槳上的刀子往腦門直扎進去。鯊魚猛地一掙，急忙往後倒翻過去。「喀嚓」一聲，刀子斷成兩截。

老人丟下槳，看都不看那該死的鯊魚一眼，只是牢牢穩住舵。鯊魚慢慢從大魚身上滑進水中，然後往水底沉去，越來越小，越來越小，直到沉沒不見。要是以前，老人總會入迷似地盯著鯊魚慢慢沉入海底，但現在他卻提不起半點興趣。

「我現在還有魚鉤可用，」他說，「儘管它幾乎毫無用處。還有兩把槳、一個舵柄，以及一根短棍。」

「這下子可真糟糕，我已經老了，無法用棍子來收拾鯊魚。不過，只要我還有槳，有舵柄和短棍，就不會輕易放棄。」

天色又開始暗下來，整個世界一片蒼茫，似乎已分不出哪邊是天、哪邊是海，只有海風咻咻地吹著，好像更強勁了些。老人又把雙手浸到海水裡，一邊盼望著能馬上見到陸地。

「你累了，老頭兒，」他說，「渾身上下都累壞了。」

西邊的太陽眼看就要沒入水中，這時，鯊魚再度來襲。

老人遠遠望見一群褐色的背鰭，這些鯊魚根本用不著四處搜尋血腥氣味，只是循著大魚在水中留下的痕跡，筆直地併列而漸漸靠近。

老人把舵固定好，栓牢帆腳索，伸手將船板下的棍子拖了出來。這根棍子是以一把斷槳柄所鋸成，大約只有兩英尺半長，因此，他只能以右手緊緊握著，雙眼炯炯有神地盯著越來越近的鯊魚。來的又是兩條犁頭鯊。

「棍子太短了，我只能讓先撲過來的鯊魚咬著大魚，然後才好朝牠的鼻尖或腦門中央狠狠敲下去。」

兩條鯊魚一起兇猛地撲上來，離老人最近的那條一下子就張開大嘴，深深咬在大魚銀白色身體的側面，老人連忙高舉起棍子，重重地敲在那鯊魚寬闊的腦門上。鯊魚的皮是多麼堅韌啊，就像厚實的橡皮一樣，而牠的骨頭也是如此堅硬，震得老人膀子一陣陣發麻。於是，老人又揚起棍子，狠狠地往鯊魚的鼻尖砸去。

另一條鯊魚在旁邊不斷翻騰撕咬著大魚，此刻牠正張開大嘴撲上來，猛地一口咬住大魚，剎那間，白花花的魚肉碎片從牠緊緊咬合的嘴角四下飛濺開來。老人立即揮動棍子用力往鯊魚敲去，卻只是打中牠的腦袋。那鯊魚望都沒望老人一眼，繼續把肉塊撕了下來。當牠轉身準備溜到旁邊去吞下肉塊時，老人再次舉起棍子朝牠打下去，結果打在厚實的鯊魚身子上，把自己的膀子震得又痛又麻。

「來吧！犁頭鯊，」老人大喊，「再來吧！」

鯊魚像一陣風似的飛速衝過來，一口咬在魚身上，當牠的嘴剛閉合時，老人已經高舉起棍子，結結實實地給了牠一棍，正好打在鯊魚腦子末端的那塊骨頭上。鯊魚仍然不退，繼續撕咬著，並將肉塊從魚身上扯下來，老人急忙抄起棍子又在同一個地方重重敲了一記。

老人緊握著棍子，雙眼不眨地緊盯海面，可這兩條鯊魚再也沒有撲上來，只有一條在不遠的水面不停轉著圈子，而另一條則見不著半點影子。

「但是，牠們是不可能被我打死的，要是在當年，那又另當別論了。我相信牠們都受了重傷，我是不會讓牠們好受的。要是棍子再長一些，能用雙手握住，我一定會打死第一條鯊魚，即使是現在的我也有這個把握，只要有好用的棍子。」

太陽早在老人跟後來這兩條鯊魚打鬥時，完全沒入水中。他知道大魚已經被那些可惡的鯊魚弄掉半邊肉，但他極力忍住轉過頭去看的衝動，只是穩穩地把著舵。

「等天色黑盡了，」他說，「我就能望見哈瓦那的燈光。就算是偏東了一些，我也能望見某個小漁村的燈火。」

「我很快就會回到家，他們一定擔心極了。當然，最擔心的一定是曼諾林那小鬼頭。不過，我發誓，他也是對我最有信心的。還有那些上了點年紀的打魚人，以及許多其他人，我們村裡的人都是那麼熱心腸。」

「大魚實在被咬得太厲害，我再也無法和牠說話了。」

老人的腦袋裡又冒出一個念頭來。「你這半條魚，」他自語道，「你本來是一條多麼美麗的魚啊！我真後悔出這趟遠海，害我倆都這麼狼狽。不過，我們還是收拾不少鯊魚。魚啊，你曾經殺死過多少鯊魚呢？你頭上那個長矛似的利嘴該不是長來好看的吧？」

他老是不由自主地去想那條大魚，想像牠如果自由自在在海裡游動，碰到鯊魚時會怎樣對付？「剛才我怎麼沒有想到把大魚的利嘴砍下來，去打那些鯊魚呢？」老人自語道，「不過，我沒有斧頭，而且連唯一的刀子也折斷了。」

「要是我有一把斧頭，把它綁在槳柄上，那該是多好的武器啊！這樣我就可以給鯊魚一些顏色瞧瞧了。可是，天色馬上就要黑了，要是鯊魚又來，到底要怎麼辦呢？能怎麼辦呢？」

「還能怎樣呢？就跟牠們拚了！」他說，「我已經豁出去了。」

天已經黑盡，海面上一片漆黑，看不到一絲光亮，老人只聽見耳邊咻咻的風聲，感覺到海風正緊緊扯動著他的船帆。夜色是如此平靜啊，老人幾乎覺得自己已經死去一般。於是他輕輕合攏雙掌，然後，慢慢地摩擦起來，一陣鑽心的疼痛立刻提醒他自己還活著。他緩緩將背貼在船舷上，火辣辣的雙肩也給他同樣的提醒。

「我還得補唸祈禱文呢，可惜我現在累到無法唸了。還是把那條麻袋拿來墊在肩膀上，靠著船舷歇一會兒吧！」

老人靠在船舷上，一邊平穩地掌著舵，默默企盼著天色亮起來。「我還有半條魚呢，」他想，「說不定我會幸運的把這半條魚拖回去呢，老天也該眷顧我了吧！或許，你出海太遠，連老天都不保佑你了呢！」

「別傻了，老頭兒，」他說出聲來，「好好把舵，別睡著了，老天會保佑你的。」

「要是有地方買幸運，我一定要去買一些來。」他說。

「不過，我拿什麼去買呢？」他抓了抓腦袋。總不能用一把丟掉的魚叉、折斷的刀子和傷痕累累的雙手去買吧？

「怎麼不成？」他說，「上次你不是用連續下海八十四天去買幸運，並且差點就成功了嗎？」

老人挪一挪身子，儘量讓自己靠得更舒服一些，以便更好掌舵，一陣陣疼痛從雙手和雙肩傳來。別再想那些亂七八糟的啦！他想，幸運這東西變化多端，誰又能真正把握住呢？「如果可以，我當然想弄一點，無論它是什麼樣子，或是要我付出什麼代價。雖然我一直希望幸運得到很多東西，不過眼前我最希望的，就是能幸運地馬上見到燈火的亮光。」

船繼續前進，大約夜裡十點多，老人終於看見城市燈火的明亮反射。這時天空因月亮升起而浮上一片淡淡光靄，使得燈火反射在最初只能隱約可辨。然後，隨著小船繼續前進，它們逐漸轉為清晰。風勢越趨強勁，海水一波波地盪漾著，把這些光線反射弄得不斷搖曳。此刻，老人的小船正在這片反光中隨波逐流，他立即斷定自己很快就會到達墨西哥灣流的邊緣。

「現在，事情總算告一段落，我知道那些鯊魚多半還會再來，不過在這一片漆黑的茫茫海上，一個手無寸鐵的人如何去對付那些兇殘的鯊魚呢？」

現在老人渾身都疼得厲害，無論是那些傷痕還是扭了筋的地方，在寒冷的夜空中都不斷折磨著他。「鯊魚啊，你可不能再來啦，真的不能再來了。」

午夜時，鯊魚又來了，不是一條，也不是兩條，而是一群！牠們一擁而上，尖尖的背鰭在水面劃出一道道水紋，牠們光滑的身子在淡月色下閃耀著點點磷光，發瘋般地往大魚撲上去。老人立即抄起棍子朝牠們打去。他的耳朵裡滿是尖利牙齒撕咬魚肉和牠們撞擊船身所發出的聲音，他只能憑感覺和聽覺胡亂地拚命向牠們打去。突然間，他覺得好像有什麼東西扯住棍子，隨即那根棍子就不見了。

老人不得不轉身把舵柄扭下來，雙手緊緊握住，一次又一次地直劈下去，發瘋似對著那些鯊魚又砍又打。鯊魚實在太多了，牠們洶湧撲上來，一直擁到船頭邊，一條接一條地逼近，張開大嘴，撕走一片又一片的魚肉。

當最後一條鯊魚往魚頭撲上去時，老人知道一切都完了。鯊魚一下就咬在魚頭上，結果牠的上下齶被魚頭堅硬處卡住。正找不到地方出氣的老人馬上揮起舵柄，往這條倒楣的鯊魚猛烈打去，一次、兩次、三次……「喀嚓」一聲，舵柄斷了。老人用裂開殘柄的尖端用力戳向鯊魚，一下就戳進去，鯊魚終於鬆開大嘴，「咕咚」一聲，向下滾進水裡。

老人簡直像癱在船板上，差不多連氣都喘不過了，嘴裡冒出一絲怪怪的味道，甜甜的，腥腥的，嚇了老人一跳，幸好味道還不算濃。

「呸！」老人往海裡唾了一口，說道，「吃吧，犁頭鯊，讓你們做個咬死人的夢吧！」

老人明白這下子他的魚已經徹底完了。他吃力地挪到船尾，驚喜發現那把破爛的舵柄居然還能勉強駕船。於是，他把麻袋小心披在肩膀上，掌舵繼續前進。

現在他已經什麼都不放在心上了，腦袋也不再胡思亂想，一心一意只穩穩地駕著船。他是那麼輕鬆自如，彷彿連手上和肩上的傷口都不存在了。

半夜又有其他鯊魚來啃咬大魚的殘骸，老人卻把牠們當成在飯桌旁撿拾麵包渣的乞丐，毫不理會，只管駕著船前進。這時，他才發現沒有拖累的船是走得多麼輕鬆，多麼順暢啊！

「不管怎麼說，我的船還是好好的，雖然舵柄壞了，但我很快就能再配一個。」

海浪漸漸又起了變化，老人知道自己已經進入海流。遠遠地，沿岸　帶海灘居民的零星燈火，透過夜空照了過來，他知道自己現在到哪裡，很快就會回到自己的家了。

「信風真是我們的好朋友，大海也是，雖然它有時也是我們的敵人。我的好朋友還有那張親愛的床，沒錯！就是床。那可是非常了不起的東西，當你面臨崩潰時，就會知道它的偉大之處。以前我也從不知道床有這樣偉大。那麼，是什麼讓你面臨崩潰呢？」

「沒什麼，」他大聲說著，「我不過是出海太遠罷了。」

風越刮越大時，他終於駛進小小的漁港，村子裡的人都上床睡覺了，連酒館也熄掉燈火，陷入一片黑暗之中。幸好漁港裡仍是一片風平浪靜，老人把船一直駛到岩石下一小片鵝卵石海灘邊，然後一個人吃力地將船拖上海灘，牢牢地拴在旁邊的一塊岩石上。

他放下桅杆，把帆仔細捲在上面捆好，然後吃力地扛著桅杆往山坡上的家走去。走著走著，他停下來回頭望去，只見微弱路燈的映照下，那條大魚的大尾巴正高高翹在小船後面，黑黝黝的魚頭像隻龐然怪獸般趴在船邊，魚身那副赤裸裸的骨架正閃耀著點點磷光。

老人往上爬時，他才真正明白自己究竟累到什麼程度。剛剛爬上坡頂，他就一頭跌倒在地，於是乾脆就這樣在地上躺了一會兒。很快，老人又把桅杆扛在肩膀上，一隻手扶著肩上的桅杆，另一隻手吃力地撐在地上試圖爬起來，結果手一軟，又一屁股坐了下去，只好就地休息起來。一隻貓在路的另一端橫穿過去，老人瞧了牠一會兒，又瞪著路面發起呆來。

最後，老人只能把桅杆放在地上，然後空著雙手爬起來，撿起桅杆，仍然扛在肩上，繼續往家的方向走去。往常這不過是短短的一小段路，今天似乎顯得特別長，他一路上坐下來歇了五次，總算才走到自己的小屋。

一進門，老人就把桅杆靠在牆角，然後，摸黑找到水瓶大大喝了一口，爬到鋪滿舊報紙的床上趴了下來，輕輕將毯子拖過來蓋在自己身上，雙手手心向上，筆直地向外伸展著。

天亮了，今天的風很大，颶風終於刮了起來，所有漁船都沒出海，因此，曼諾林也很難得的睡到很晚才起床。當他一如既往到老人的門前探頭朝裡望時，驚喜地發現老人正沉沉睡著，便立即跑了進去，來到老人的床邊。看見老人胸口一上一下的起伏著，輕輕打著呼嚕睡得正香，曼諾林嘴邊漸漸浮起一絲微笑。這時，他的目光落在老人攤開的雙手上。見到這雙手，他鼻子一酸，眼淚一下子奪眶而出。隨即，他一邊小聲地啜泣，躡手躡腳走出屋子去拿咖啡。

海灘上，眾人把老人的小船圍得水泄不通，七嘴八舌地對著那副大魚骨架指手畫腳。有人還特地捲起褲管下到水裡，拿了一根繩子測量那副魚骨架。

曼諾林是第一個發現那副大魚骨架的，所以此刻他並不打算走下坡去再看一次。

「他還好吧？」一個漁夫遠遠地大聲問著。

「睡得正香呢！」曼諾林一邊抽泣著，一邊應道，已經不在乎別人會不會取笑他了。「誰也別去吵醒他。」

「從鼻尖到尾巴，足足有十八英尺長呢！」正在測量魚身的那個人，大聲向周圍的人們宣布。

「我就知道他會逮到大魚。」曼諾林說著，走進酒館，要了一罐咖啡，「燙一些，還要多些牛奶和糖。」

「還有什麼需要的嗎？」

「謝謝，暫時不用了。待會兒等他醒來再說吧！」

「那條魚可真大啊！」店老闆馬丁說，「我活了半輩子，從沒見過這樣大的魚。對了，昨天你也捉到兩條不錯的魚。」

「我那魚算什麼。」曼諾林說著又哭了起來。

「你要來點什麼酒嗎？」

「不了，謝謝，」曼諾林說，「給他們說一聲，別去打攪桑迪亞戈。我待會兒再來。」

「請轉告他，我們都為他感到驕傲。」

「謝謝你。」曼諾林說。

曼諾林端著那罐熱咖啡爬上山坡，輕輕來到老人的床前，靜靜坐在那裡等老人從沉睡中醒來。他看見老人微微地動了一下，便立即站起來，結果老人翻個身又睡了過去。咖啡漸漸涼了，曼諾林不得不到馬路對面去借些木柴，把咖啡熱一熱。

最後，老人終於醒了。

「再躺一會兒吧！」曼諾林說，「把這個喝下去。」他倒一些咖啡在杯子裡。

老人接過來一口就喝了下去。

「牠們打垮我了，曼諾林。」他說，「牠們真的打垮我了。」

「牠沒有打垮你，那條魚並沒有打垮你。」

「噢，是的，最後我還是挺過來了。」

「波里戈正守著船和工具。你打算怎麼處理那個魚頭？」

「讓波里戈剁碎了做魚餌吧！」

「那個尖尖的魚嘴呢？」

「你喜歡就留著吧！」

「當然喜歡了！」曼諾林說，「我們說說別的事兒吧！」

「這些天他們來找過我嗎？」

「當然有，連海岸巡邏隊和直升機都出動了呢！我擔心死了。」

「要在無邊無際的大海尋找一艘小小的漁船，當然不是一件容易的事。」老人說。他發現比起一個人孤零零在大海裡自言自語，能夠真正和人說話，原來是一件這麼痛快的事。「這些天我也挺想你的，你怎麼樣？」

「頭一天捉到一條魚，第二天又是一條，第三天兩條。」

「看來你真的是個男子漢。」

「從今以後讓我陪你出海吧！」

「算了，我不走運，再也不會走運了。」

「管他什麼走運不走運的，」曼諾林嚷著，「我會給你帶來好運的。」

「你怎麼向家裡說呢？」

「顧不了這些，雖然我昨天捉到兩條魚，不過我還是要和你一起出海，學學如何對付大魚。」

「我們可得弄一把厲害的魚標才行，可以找一片舊福特車的鋼板來磨成鎗頭，到瓜納瓦科阿去磨，那裡能磨得非常鋒利。不過不能淬火，不然很容易被折斷。我那把刀就斷了。」

「放心，我會再弄把刀子來的，也會把鋼板磨利。你估計這颶風還會刮幾天呢？」

「也許三兩天吧！不過也可能還要久一些。」

「我會搞定一切的，」曼諾林說，「桑迪亞戈，你只要好好把傷養好就行了。」

「我知道啦！昨晚我喉嚨裡還冒出一些有腥味的東西，整個胸膛都像要裂開似的。」

「這也要好好調養，」曼諾林說，「再躺會兒吧！我給你拿件乾淨衣裳來換換，想吃點什麼嗎？」

「弄這兩天的報紙來，隨便什麼報都行，最好是有棒球消息的。」

「你得趕快好起來，別忘了還得教我如何對付大魚。你看看自己吃了多少苦頭啊！」

「可不是。」老人說。

「我會把報紙和吃的帶過來，」曼諾林說，「好好休息，晚一點我去藥房給你的手弄點藥來。」

「記得告訴波里戈，那魚頭是他的了。」

「好，我記住了。」

曼諾林走出門，沿著崎嶇不平的珊瑚石路往坡下走去。他一邊走，忍不住又哭了起來。

那天下午有群遊客來到酒館，一個女遊客在俯視港口的海水時，一眼就望見在一堆空啤酒罐和死梭魚之間，有一根又粗又長的白色脊椎骨，末端連著一個像張開的扇子般巨大的尾巴，正隨著東風掀起的洶湧波濤不停起伏擺動。牠現在變成只是等著被潮水沖出港去的垃圾。

「那是什麼？」她指著那條大魚的脊椎骨問侍者。

「鯊魚……」侍者說，正準備向她詳細解釋。

「我沒想過鯊魚的尾巴居然這麼好看。」

「我也沒想過。」她的男朋友說。

這時在小屋裡，老人又進入夢鄉，曼諾林靜靜守在他的身邊。老人依然臉朝下，趴在床上熟睡，他正夢見海灘上像小貓一樣頑皮嬉戲的獅子。

延伸閱讀

《冰島漁夫》An iceland Fisherman

《冰島漁夫》是十九世紀後期法國人畢爾·羅逖的作品，大海是這部小說真正的主角。作者利用自己在海上生活的感受，以全部的藝術才華，完美刻畫出大海豐滿完整的藝術形象。

小說中以大海為自然力的代表，始終凌駕在人類之上，主宰著人類的命運。對於貧瘠荒涼的布列塔尼沿海一帶的漁民來說，海是他們賴以生存的唯一條件，卻也是吞噬他們生命的無情深淵。在這個地區，從來沒有談情說愛的春天和歡樂活躍的夏天，整個春季和夏季都在焦慮中度過，直到秋季來臨，漁船從冰島返航。然而在冬日的歡聚中，連快樂也是沉重不安的，始終籠罩著一片死亡的陰影。

被海吞噬所有子孫的莫昂一家，最後只剩下孤苦伶仃的老祖母，在七十餘歲的高齡，還不得不靠自己的雙手謀生。命運是這樣無情，以致沒有必要再怨天尤人，人們默默接受自己的命運，默默承受一切痛苦。當老奶奶接到最後一個孫兒的死訊時，作者沒有著重描寫她的悲哀、她的眼淚，而是她的麻木——一時間她似乎什麼也沒明白過來，她已失去那麼多親人，甚至把這次的死訊和以前的許多次混淆在一起……

《冰島漁夫》雖然同樣表現了人與自然的爭鬥，但它強調的是海洋的神祕與雙重性格，既供給人類生命所需，卻又時時威脅著人類的生命，人不可向大自然挑戰，只能順從並學會如何與它相處，和《老人與海》的概念截然不同。

《白鯨記》Moby Dick

《白鯨記》是十九世紀作家梅爾維爾的長篇小說，描寫一個名叫亞哈的船長以全部的精力，向一條曾毀了他一條腿的大白鯨「莫比迪克」復仇的故事。故事中，亞哈和「莫比迪克」整整激戰三個晝夜，最後他以魚叉刺中「莫比迪克」，而被激怒的白鯨將整艘船撞沉，水手中只有一人得以逃生。

在曾經當過水手的梅爾維爾筆下，「莫比迪克」所象徵的是整個大自然，牠被形容成一條無所不在、如魔鬼般的大魚，狡猾、邪惡，而亞哈船長則隱喻著自以為是的人類。

《白鯨記》中所描述的是人依存於大自然，同時也和大自然為敵，征服者與被征服者之間有時很難界定。船長為了復仇，最後卻帶來雙亡的結局；然而在復仇的過程中，船長和鯨魚都有著超乎常人的頑強鬥志，沒有高低之分。人和大自然爭鬥的結果頂多打成平手，人不可能超越大自然。

《熊》 Bear

威廉・福克納的《熊》敘事十分簡潔單純，描寫少年艾克・麥卡斯林經由打獵，從印第安人和黑人的混血兒山姆・法澤斯身上學到許多可貴的價值觀，體會到原始森林是最純潔的，連他的對手大熊也是高貴的。自由、勇敢、智慧、繁衍都和大森林緊密聯繫在一起。

以《熊》和《老人與海》做比較，熊和魚，一個生活在陸地的森林，另一個則遊弋於海洋的驚濤駭浪中，從兩位作者的動機來看，這兩種動物都被視為某種象徵物而加以表現運用。不過，和海明威不一樣的是福克納宣稱牠們是不可戰勝，具有神話般不可思議的力量。福克納筆下的狩獵（海明威則是打魚），似乎僅僅是一種儀式，幾乎每年都要舉辦一次。因為熊的不敗，福克納在書中寫道——我們每年都進森林捕殺牠們，但實際上，只不過是為了每年去向牠表示一次敬意而已。

《熱愛生命》Love Of Life

在傑克・倫敦的《熱愛生命》中，主角沒有名字、沒有背景，只有一個叫「比爾」的同伴，他們兩個一瘸一拐地走下河岸，展開了死裡逃生的故事。但是，很快的走在前面的「比爾」甩掉了主角，讓扭傷腳踝的「他」落在後面，於是艱難的求生跋涉自此開始。

求生的欲望，點燃了他的生命之火。不知過了多久，不知走過、爬過多少路途，在遭遇強壯的熊的過程中，疲憊不堪的他竟然像發瘋的怪物一樣凜然怒吼，硬是嚇跑高大的熊；在和同樣病弱的野狼較量跟蹤時，他最終咬死狼，吸吮了狼血。

他爬著、滾著，無天無日，無時無刻，微弱的生命能量不斷從強烈的求生欲望中得到補充，生命之火就這樣燃燒，支撐他對抗死亡的恐懼。快接近帶來生命希望的海濱時，他看見另一個「生物」爬行的軌跡，正是他的同伴比爾。然而，等他終於走近比爾時，卻發現曾經甩掉他的比爾早已成為猛禽的野餐。他冷笑著繼續朝前爬去，終於爬到海濱，被捕鯨船上的人發現，船上的人救了他……三星期後，他恢復正常的生活，他活過來了。

這是一篇讚美強大生命的禮讚，也是一篇嘲諷懦弱人性的悼歌。生命究竟是什麼？人，可能無法說清。生命的力量究竟有多大？人，可能也無法講明。

《熱愛生命》中的「他」，和《老人與海》裡的老人，都表現出一種不屈不饒的拚搏精神，與「敵人」堅決地戰鬥。在那些字裡行間，我們看到生命本身巨大的潛在能量，這種能量是不敗的。不管你面對的是什麼，哪怕是吞噬你的荒野，還是吃掉你的野獸，甚至是無情的大海、兇殘的鯊魚，只要心中有生存的渴望信念，你就永遠不會被打敗。

國家圖書館出版品預行編目資料

老人與海/歐內斯特.海明威(Ernest Hemingway)著.
-- 初版. -- 新北市：漢欣文化事業有限公司, 2023.06
192面；21x14.7公分. -- (名著典藏版；2)
譯自：The old man and the sea
ISBN 978-957-686-870-2(平裝)

874.57 112007965

 定價220元

名著典藏版 2

老人與海
The old man and the sea

作　　者 / 歐內斯特・海明威
（Ernest Hemingway）
總 編 輯 / 徐昱
封面繪圖 / 古依平
封面設計 / 古依平
出 版 者 / 漢欣文化事業有限公司
地　　址 / 新北市板橋區板新路206號3樓
電　　話 / 02-8953-9611
傳　　真 / 02-8952-4084
郵撥帳號 / 05837599 漢欣文化事業有限公司
電子郵件 / hsbookse@gmail.com
初版一刷 / 2023年 6月